Turn on the Heat

新編賈氏妙探

之2 險中取勝

賈德諾 Erle Stanley Gardner 著 周辛南 譯

目錄
Contents

Turn on the Heat

出版序言

關於「妙探奇案系列」

當代美國偵探小說的大師，毫無疑問，應屬以「梅森探案」系列轟動了世界文壇的賈德諾（E. Stanley Gardner）最具代表性。但事實上，「梅森探案」並不是賈氏最引以為傲的作品，因為賈氏本人曾一再強調：「妙探奇案系列」才是他以神來之筆創作的偵探小說巔峰成果。「妙探奇案系列」中的男女主角賴唐諾與柯白莎，委實是妙不可言的人物，極具趣味感、現代感與人性色彩；而每一本故事又都高潮迭起，絲絲入扣，讓人讀來愛不忍釋，堪稱是別開生面的偵探傑作。

任何人只要讀了「妙探奇案」系列其中的一本，無不急於想要找其他各本，以求得窺全貌。這不僅因為作者在每一本中都有出神入化的情節推演，而且也因為書中主角賴唐諾與柯白莎是如此可愛的人物，使人無法不把他們當作知心的、親近的朋友。「梅森探案」共有八十五部，篇幅浩繁，忙碌的現代讀者未必有暇遍覽全集。而「妙探奇案系列」共為廿九部，再加一部偵探創作，恰可構成一個完整而又連貫的「小全集」。每一部故事獨立，佈局迴異；但人物性格卻鮮明生動，層層發展，是最適合現代讀者品味的一個偵探系列。雖然，由於賈氏作品的背景係二次大戰後的美國，與當今年代已略有時間差異；但透過這一系列，讀者仍將猶如置身美國社會，飽覽美國的風土人情。

本社這次推出的「妙探奇案系列」，是依照撰寫的順序，有計劃的將賈氏廿九本作品全部出版，並加入一部偵探創作，目的在展示本系列的完整性與發展性。全系列包括：

①來勢洶洶 ②險中取勝 ③黃金的秘密 ④拉斯維加，錢來了 ⑤一翻兩瞪眼 ⑥變！失蹤的女人 ⑦變色的色誘 ⑧黑夜中的貓群 ⑨約會的老地方 ⑩鑽石的殺機 ⑪給她點毒藥吃 ⑫都是勾搭惹的禍 ⑬億萬富翁的歧途 ⑭女人等不及了 ⑮曲線美與痴情郎 ⑯欺人太甚 ⑰見不得人的隱私 ⑱探險家的嬌妻 ⑲富貴險中求 ⑳女人豈是好惹的 ㉑寂寞的單身漢 ㉒躲在暗處的女人 ㉓財色之間 ㉔女秘書的秘密 ㉕老千計，狀元才 ㉖金屋藏嬌的煩惱 ㉗迷人的寡婦 ㉘巨款的誘惑 ㉙逼出來的真相 ㉚最後一張牌。

本系列作品的譯者周辛南為國內知名的醫師，業餘興趣是閱讀與蒐集各國文壇上高水準的偵探作品，對賈德諾的著作尤其鑽研深入，推崇備至。他的譯文生動活潑，俏皮切景，使人讀來猶如親歷其境，忍俊不禁，一掃既往偵探小說給人的冗長、沉悶之感。因此，名著名譯，交互輝映，給讀者帶來莫大的喜悅！

譯序

美國有史以來最好的偵探小說

周辛南

賈氏「妙探奇案系列」，（Bertha Cool—Donald Lanm Mystery）第一部《來勢洶洶》在美國出版的時候，作者用的筆名是「費爾」（A. A. Fair）。幾個月之後，引起了美國律師界、司法界極大的震動。因為作者大膽的在小說裡寫出了一個方法，顯示美國人在現行的美國法律下，可以在謀殺一個人之後，利用法律上的漏洞，使司法人員對他無計可施，只好讓他逍遙法外。

於是「妙探奇案系列」轟動了美國的出版界、讀書界和法律界，到處有人打聽這個「費爾」究竟是何方神聖？

作者終於曝光了，原來「費爾」就是名作家賈德諾的另一個筆名。史丹利．賈德諾（Erle Stanley Gardner）是美國當代最著名的作家之一。他本身是法學院畢業的律師，早期執業於舊金山，曾立志為在美國的少數民族作法律辯護，包括較早期的中國移民在內。律師生涯平淡無奇，倒是發表了幾篇以法律為背景的偵探短篇頗受歡迎。於是改寫長篇偵探推理小說，創造了一個五、六十年來全國家喻戶曉，全世界一半以上國家有譯本的主角——梅森律師。

由於「梅森探案」的成功，賈德諾索性放棄律師工作，專心寫作，終於成為美國有史以來第一個最出名的偵探推理作家，著作等身，已出版的一百多部小說，估計售出七億多冊，為他自己帶來巨大的財富，也給全世界喜好偵探、推理的讀者帶來無限樂趣。

賈德諾與英國最著名的偵探推理作家阿嘉沙．克莉絲蒂是同時代人物，都活到七十多歲，都是學有專長，一般常識非常豐富的專業偵探推理小說家。

賈德諾因為本身是律師，精通法律。當辯護律師的幾年又使他對法庭技巧嫻熟，所以除了早期的短篇小說外，他的長篇小說分為三個系列：

一、以律師派瑞．梅森為主角的「梅森探案」；

二、以地方檢察官Doug Selby為主角的「DA系列」；

三、以私家偵探柯白莎和賴唐諾為主角的「妙探奇案系列」；

以上三個系列中以地方檢察官為主角的共有九部。以私家偵探為主角的有二十九部，梅森探案有八十五部，其中三部為短篇。

梅森律師對美國人影響很大，有如當年英國的福爾摩斯。「梅森探案」的電視影集，台灣曾上過晚間電視節目，由「輪椅神探」同一主角演派瑞．梅森。

研究賈德諾著作過程中，任何人都會覺得應該先介紹他的「妙探奇案系列」。讀者只要看上其中一本，無不急於找第二本來看，書中的主角是如此的活躍於紙上，印在每個讀者的心裡。每一部都是作者精心的佈局，根本不用科學儀器、秘密武器，但緊張處令人透不過氣來，全靠主角賴唐諾出奇好頭腦的推理能力，層層分析。而且，這個系列不像某些懸疑小說，線索很多，疑犯很多，讀者早已知道最不可能的人才是壞人，以致看到最後一章時，反而沒有興趣去看他長篇的解釋了。

美國書評家說：「賈德諾所創造的妙探奇案系列，是美國有史以來最好的偵探小說。單就一件事就十分難得——柯白莎和賴唐諾真是絕配！」

他們絕不是俊男美女配：

柯白莎：女，六十餘歲，一百六十五磅，依賴唐諾形容她像一捆用來做籬笆，帶刺的鐵絲網。

賴唐諾：不像想像中私家偵探體型，柯白莎說他掉在水裡撈起來，連衣服帶水不到一百三十磅。洛杉磯總局兇殺組宓警官叫他小不點。柯白莎叫法不同，她常說：「這小雜種沒有別的，他可真有頭腦。」

他們絕不是紳士淑女配：

柯白莎一點沒有淑女樣，她不講究衣著，講究舒服。她不在乎別人怎麼說，我行我素，也不在乎體重，不能不吃。她說話的時候離開淑女更遠，奇怪的詞彙層出不窮，會令淑女嚇一跳。她經常的口頭禪是：「她奶奶的。」

賴唐諾是法學院畢業，不務正業做私家偵探。靠精通法律常識，老在法律邊緣薄冰上溜來溜去。溜得合夥人怕怕，警察恨恨。他的優點是從不說謊，對當事人永遠忠心。

他們也不是志同道合的配合，白莎一直對賴唐諾恨得牙癢癢的。

他們很多地方看法是完全相反的，例如對經濟金錢的看法，對女人——尤其美女的看法，對女秘書的看法……

但是他們還是絕配！

賈氏「妙探奇案系列」，為筆者在美多年收集，並窮三年時間全部譯出，全套共三十冊，希望能讓喜歡推理小說的讀者看個過癮。

第一章　過氣小鎮的報社

我推開漆著「柯氏私家偵探社」的門，卜愛茜自速記本上抬頭望我，兩隻手仍不停在敲打字機字盤，她說：「進去，她在等你。」

快速斷續的打字聲，雜著我的腳步聲，經過辦公室，經過漆著「柯白莎——私人辦公室」的門。

身材巨大，穿著庸俗，常處於好戰狀態的柯白莎，像隻牛頭狗似的坐在辦公桌後面。看得出她在裝腔作勢地翻動面前桌上的文件，手指上的鑽石也不斷在窗外射入的陽光中閃爍著反光。她對面，坐在顧客椅子中的是四十出頭的一個瘦個子。他用怕事又急於辦事的眼光看向我。

柯白莎說：「賴唐諾。怎麼要那麼久才到？」

我不理她，直接觀察我們的顧客，他是個灰髮瘦子，八字鬍也是灰的，但修剪十分整潔、他嘴唇的型態顯示他很有決斷力。和焦慮的外型不相吻合。他戴了一付深色鏡片的眼鏡，我看不出他眼睛的顏色。

柯白莎接下去說：「王先生，這位是賴唐諾，就是我介紹過他給你的。唐諾，這位是王先生。」

我鞠躬如儀。

王先生控制自己，用有教養，要別人覺得他存在的聲音說。「早安，賴先生。」他沒有把手伸出來。他的樣子看來有點失望。

柯白莎說。「千萬別被唐諾的外型騙了。他是個非常精明能幹的人。他天生沒有肌肉，但是他有頭腦。他是變種。越打擊就鬥志越高，他懂得該怎麼做。王先生，不必擔心。」

王先生點點頭，我看得出有點勉強。我仍看不到他的眼睛。

柯白莎說：「唐諾，坐下來談。」

我坐在那張硬板直背椅上。

柯白莎對王先生說：「有人能找到她，唐諾就也可以。他比外表要老成多了。他本是個律師，他被律師界趕出來，因為他告訴一位顧客如何可以合法謀殺。唐諾自以為只是討論法律漏洞，但是公會認為那是漠視神聖。當時他們認為不合理，也不會成功。」柯白莎停住，喀喀地笑出聲，又繼續道：「唐諾到我這裡來工作，第一件案子就表演給大家看，我國的謀殺案處理過程中的確有一個大漏洞在。任何人都可以謀殺了人而不受處分。現在他們在修改法律。這個唐諾就是我要介紹給你，替你辦這件案子的唐諾。」

白莎用一個裝出來的笑容向我這邊一看，笑了等於沒有笑。

王先生點點頭。柯白莎說：「唐諾，在一九一八年，有位林吉梅醫生和他太太住在橡景，栗樹街四一九號。發生了醜聞，林家開溜了。我們不在乎男的去那裡，替我把林太太找出來。」

「她還在橡景嗎？」我問。

「沒有人知道。」

「有親戚嗎？」

「沒聽說過有。」

「她失蹤時，她和她丈夫結婚幾年啦？」

白莎望向王先生，王先生搖頭。

柯白莎繼續看著他，最後他用一貫的形態，像是他特徵似的學術派頭說：「我不知道。」

白莎對我說：「有一點你給我記住，我們並不希望所有人都知道我們在查這件案子。再說，我們僱主是什麼人，更需要保密。你可以把公司車開出去。現在就去，今天再晚也要到橡景。」

我看向王先生說：「我一定得多知道一些。」

王先生說：「沒有問題。」

白莎說：「假裝她的遠親。」

「她幾歲了？」我問。

王先生蹙起眉頭。他說：「我不是真正的知道，到了那邊你問得出來的。」

「有孩子嗎？」

「沒有。」

我看向白莎。她打開辦公桌抽屜，取出一隻鑰匙把現金盒打開，交給我五十元。

「省著點用，唐諾。」她說：「很可能是長期追蹤。計算每一項開支，可以追得遠些。」

王先生把手指交叉，把雙手放在雙排扣上衣前，他說：「說得有理。」

「有什麼線索可以優先偵查嗎？」我問。

白莎問：「你還想知道什麼？」

「所有可以得到的資料。」我說，眼睛可是望向王先生的。

他搖搖頭。

「她的背景如何？受過工作的訓練嗎？她做過什麼工作？有些什麼朋友，自己有錢嗎？她是高是矮，胖還是瘦，金髮還是黑髮？」

王先生說。「對不起，幫不上你忙。」

「假如找到她，我怎麼辦？」我問。

「通知我。」白莎說。

我把五十元放進口袋，把椅子推向後面。我說：「王先生，幸會。」我逕自走了出去。

經過辦公室時，卜愛茜都懶得自打字機上抬頭。

公司車是一部老傢伙，輪胎快要磨到鋼圈了。散熱器漏水。只要超過五十英哩，兩隻前胎就猛跳扭扭舞。引擎不斷咳嗽，像是隨時要淹死。今天天氣真熱，向山上爬簡直是苦不堪言。山谷中氣候更熱，我兩隻眼睛漲得像煮熟了的雞蛋，要不是有眼眶在前面，它們早就跳出來涼快了。我尚還不致餓到值得停車，所以半路買了個漢堡就又上路，一手用來吃，一手在開車。晚上十點半我來到橡景。

橡景是建在山腳下的一個鎮，這裡氣候涼快，大氣中的濕度高，有蚊子。一條小河自山中蜿蜒而下，經過本鎮散佈到下面的平原去。

橡景本身是個過氣的小鎮，九點以後沒有市面。街上房子都是老的，替街道遮蔭的大樹都是老的。城市本身發展不夠快速，即使有心的人也無法據此擴大街道和鋸掉兩旁的大樹。

皇家大旅社的門仍舊開著，我進去要了一個房間。

從窗口裡照進來的晨陽吵醒了我。我梳理，穿衣。自窗口對本鎮來個鳥瞰。我看到二十世紀極早年代式建築的法院。自大樹頂上望出去可以見到河流下游的一瞥，向下望可以見到一條巷子，兩旁堆滿了用過的木箱、紙箱和垃圾筒。

我出去找找看什麼地方可以吃早餐，找到一家門外聞起來香噴噴的餐廳，裡面有點剩菜味，並且油膩膩。吃完早餐，我坐在法院階梯上等候九點鐘上班時間的來到。

鎮公所的職員悠閒地姍姍而至。大多數是臉上缺乏表情的老人。他們選樹蔭多的地方走，只要有人提任何一點資料，都可以停下來閒聊。看到我坐在門等候，經過我身旁時都好奇地看著我。他們知道我不是本地人，也表露出知道我是外地人。

大廈裡一位臉上有稜有角的女公務員瞪著黯淡無光，黑漆漆的眼珠子聽我說完我的請求，遞給我一本紙封面一九一八年戶籍的登記本子。本子裡面的紙頁早已變了黃色了。

在八畫的部分我找到了林吉梅，職業是醫生，地址是栗樹街四一九號，年齡三十三。同頁登記的是林亞美，家庭主婦，栗樹街四一九號。林亞美沒有登記年齡。

我要求著看一九一九年的登記本。裡面沒有這兩個人的名字。我走出大樓的時候，感覺到人們都在背後看我。

本鎮只有一家報紙，叫「舌鋒報」，自報館漆在窗上的字眼看得出是一週出一次。我走過去，在櫃檯上輕輕敲幾下。

打字的聲音停止，一位赤褐色頭髮、棕色眼珠、雪白牙齒的小姐自後面隔間的部分出來，問我有什麼事。我說兩件事請她幫忙。一是一九一八年的舊報，另一是鎮上哪家餐館可以吃一頓好的中飯。

「有沒有試過尹記？」她問。

「早餐就是在那裡。」

她說：「嘎！」過了一下她說：「那麼試一下古家館，再不然就只有皇家大旅社的餐廳。你是說一九一八的舊報？」

我點點頭。

我沒有再看到她潔白的牙齒，因為她把兩片嘴唇閉得緊緊的。連棕色的眼珠也不再發亮了。她想說點什麼，自己立即改變了意見，走進後面的房間裡去，過不多久，拿出一疊用兩條木條夾著的舊報。「有什麼特別要的資料嗎？」她問。

我說：「沒有。」就開始自那年元月一日看起。我很快看過一兩版，問道：「你這個不是說是週報嗎？」

「現在是週報，不過在一九一八年，我們是日報。」

「為什麼越變越差了？」我問。

她說：「這在我來之前。」

我坐下翻報紙。頭版都是戰爭消息，報告不少德國潛艇活動。有不少宣傳資料，說德國人砍男人手和女人乳房之類。國難公債各地推銷是有配額的，橡景在這方面的工作做得非常好。很多愛國的人發表言論。有一位受傷退伍的加拿大人來這裡巡迴演講。

鈔票的流向都是往歐洲的。

我希望我要查的事夠資格上頭版。一九一八年的頭版，沒有提起。

我問小姐能不能暫時把一九一八年的留下，再借一九一九年的先看一下。

女的不吭一聲，只是把一九一九年的舊報紙交給我。我就看一九一九年的頭版新聞。休戰文告已發表，美國在文告中是救世主。美金、美國兵、美國文化離開歐洲，會有一個國家級的政治團體產生，據說可以扶弱抗強。以終止佔據永遠不會發生。全地球都會是和平民主。比較次要的新聞開始在頭版出現。

我在七月分的舊報找到了我要的消息。在頭條新聞裡這樣寫著「橡景名人欲訴離婚——林醫生宣稱精神虐待。」

報紙對要報導的內容是十分小心的。主要是登原告的訴訟內容。卜華律師事務所代表原告。報導說林醫生是整型科專家，林太太是年輕一代社會的領導人。兩人都是鎮上人人愛戴的人。兩人對「舌鋒報」記者都不肯發表意見。林醫生請記者去訪問他律師，林太太則說她只有在法庭才肯開口。

十天後林醫生的案子占了頭版全頁。「林太太指明關係人——社團領導人控告丈夫的護士」。

自報導中得知林太太應紀法官的查問，出面作證並控告了她丈夫的護士果薇安。說她是本案的關係人。

林醫生拒絕作答。果女士已離開本鎮。電話追蹤也未能成功。文中提起本案的歷史背景。林醫生在實習的時候，果薇安就是同醫院的護士。林醫生在橡景一開診所就請她到診所來，她便變成診所的護士。據報紙報導一部分林醫生的朋友來訪時都是由她接待，這些人對她非常支持，都肯作證指出林太太控告中指果女士的事，是荒謬可笑、無中生有的。

第二天舌鋒報說：紀法官簽發了要果薇安和林醫生出庭以便瞭解案情；發現林醫生因業務出鎮去了，完全聯絡不上；果薇安則尚未回來。

文後尚有花邊新聞，說紀法官認為果女士和林醫生是故意蔑視法庭的傳票。卜華法律事務所的卜律師和華律師則堅決的加以否認。他們說這種指責會造成社會視聽錯覺，對當事人發生偏見。他們說已經儘快在聯絡，不久即可回來作證的。

自此之後案情發展移到比較不重要的版面去了。一個月內和解契約登記生效。所有林醫生的財產全部歸林太太。但是她始終否認有什麼財務上的妥協。雙方律師也否認知道這種事。又一個月後，一位賴醫生自林太太手中買下了林醫生的診所和設備開始營業。卜華律師事務所除了仍說林醫生會自己回來向大家交待清楚外，其他一律閉口不談。

再向下的舊報已經不提這件事了。櫃檯後坐在高凳上的女郎看我翻這些報紙。

她說：「再向下不會有這件事的消息了。不過你看十二月二日的。當地花邊新聞欄還有一段。」

我把報紙向邊上一推，我說：「你知道我在找什麼？」

她看向我說：「你自己該知道呀。」

「是的。」

她說：「那麼最後一段也該看一下呀。」

一個粗嘎的男人聲音自隔間後在叫：「瑪麗。」

她自高凳溜下，走向隔間。低沉的聲音在咕嚕，過了一下女的回答他一兩個字。

我回顧那疊舊報，把舊報翻到十二月二日。在花邊新聞中我看到林吉梅太太亞美準備到東方去和親友共渡聖誕，所以她要乘火車去舊金山，然後乘船經運河東行。當記者問她離婚案進行到了什麼程度時她說這件事已經全部交由律師處理，她自己連丈夫現在在什麼地方也沒興趣去管。這件事識者都認為無稽和猜說，謠言說非但她知道林醫生現在在哪裡，並且她正準備要去和他重聚。

我等候小姐回來。她遲遲未出現。我走向街角的藥房，拿電話簿找律師欄。沒有姓紀的律師，沒有姓卜的律師，不過有一位華福侖律師，他的事務所在第一國家銀行大樓。

我選了沒有陽光直曬一邊的人行道走了兩條街的距離。爬上老房子搖搖欲墜的樓梯。走過不太水平的走道。我在一張亂拋著法律書籍的桌子後見到了華律師，他雙腳擱在書桌上，菸斗在他嘴裡。

我說：「我是賴唐諾。我想請教些問題。你還記不記得當時卜華事務所接手過一件林家夫婦的……」

「記得。」他說。

「不知你能否告訴我，林太太現在在哪裡？」我問。

「不能。」

我想到白莎對我的指示，決心自己冒點險。

「林醫生在哪裡你知道嗎？」

「不知道。」過了一下他才說：「到目前為止，他仍欠我們事務所法庭規費和律師費。」

我問：「除此之外，他還欠別人什麼債嗎？」

「沒有。」

「你想他是死了還是尚還活著？」

「不知道。」

「林太太的死活呢？」

他搖搖頭。

「哪裡可以找到一直同情她的紀法官？」

他淡藍色的眼珠泛出一絲笑意。「山上。」一面指向西北方向的山。

「山上？」

「是的，很好的公墓。一九三〇年死的。」

我說：「謝謝你。」走出他辦公室。我把門順手帶上時他什麼也沒有說。

我走回法院大廈，再對那好奇心十分重的女人說我要借閱林醫生告林太太那件離婚的卷宗。才十秒鐘我就到手了。

我觀看全卷。卷內有告訴狀，答辯狀、被告反告原告的狀紙、法院判定限原告十天要提出回答的批文，再一次批示限二十天一定要覆，又一次批示再給三十天的限期，然後是一紙通知說林醫生故意不守法院規定。既然傳票從來也沒有送達到果薇安本人手上，因此本案也從來沒有正式開審，也更沒有正式撤銷。

我走出大廈時。又感到她憎惡敵意的眼睛在看著我離開。

我走回旅社，坐在旅社房間桌旁，就用旅社的信紙信封寫了一封信給我老闆柯白莎。

「老闆：查一下一九一九年十二月到舊金山經巴拿馬運河往東海岸各船的旅客名單。查有沒有林太太，林亞美名字。查一下其他名單看有沒有同行的人。林太太本身有極大的婚姻困難，她可能秘密和人同行。雖然事過已久，但亦可能一舉中的。本案在這裡已是山窮水盡了。」

信尾我簽上自己名字，貼上郵票，寫上偵探社地址，弄清楚這封信會自下午兩點半火車送出本地。

我去古家館試用午餐，走回舌鋒報。「我要登一則廣告。」我說。

櫃檯後智慧型棕色眼珠的小姐伸出一隻手，越過櫃檯把我的廣告稿拿到手中。她看了一遍，又再看一遍，數一數字數，一溜煙進入後面一間。

過不多久，一位壯大但垂肩的男人自後面走出來，額前戴了遮光綠帽簷，嘴角尚有嚼過菸草的殘渣，他說：「你姓賴？」

「是的。」

「要把這廣告登在報上？」

「嗯哼，要多少錢？」

他說：「你一定有什麼幕後新聞。」

我說：「也許。當然也可能只是捕風捉影。」

「公佈一點點，也許能幫助你辦成事。」

「當然也可能一點用處也沒有。」

他又看了一下廣告稿。他說：「據這廣告看來，有一筆錢要給那林太太。」

「廣告上沒有這樣說。」我說。

「不過看起來是這個意思。你說任何人能告訴你林吉梅醫生太太林亞美女士現在的地址，你都可以給他賞金，又假如林太太已經死亡，能提供她後裔名字地址給你的人也會有賞金。在我看來，你一定是為遺產在找繼承的人——這就和其他一些情況吻合了。」

「什麼其他一些情況？」我問。

他轉身，把兩眼注向地上的痰盂，吐了一口黃黃有菸草的口水。他說。「是我先問你的。」

「再想想看，第一個尚未回答的問題是，廣告要多少錢？」

「每三行五塊錢。」

我自白莎給我的零用錢中拿出了五塊錢，要求他給我一張收據。他說：「等一下，」自己走回後面隔間去。一分鐘後棕色眼珠的小姐走出來。她說：「賴先生，你要一張收據？」

「我說過了，我要一張。」

她慢慢地寫收據，寫到日期時停了下來：「古家館怎麼樣？」她問。

「差遠了。」我說：「晚餐什麼人家最好？」

「懂得點菜的話，旅社大餐廳還可以。」

「你懂得該點什麼菜嗎？」我問。

「你一定是個偵探，是嗎？」她說。

我沒有回答她，她看到我無意回答，她說：「你根本就是進來查案的。老兄，你該有個當地的導遊才行。」

「你有向政府登記立案嗎？」

她自肩後向隔間看一下。她說：「倒也沒有那麼嚴重。」

「你是不是商會的人？」

「不是，不過報紙是商會的。」

我說：「我對本鎮不熟。你們也根本不知道我，也或許我有大量投資開發的可能。一上來給我一個不好的印象，不見得對本鎮有利。」

隔間後的男人在咳嗽。

「這裡的人想吃點像樣的東西，怎麼辦？」

「這容易，找個女人結婚。」

「從此之後他們快樂地生活，直到永遠。」

「是的。」

「你呢？」我問：「結婚了？」

「沒有，我在旅社大廳吃飯。」

「懂得叫什麼東西吃？」

「當然。」

「和一個十足的外地人吃一頓飯，好嗎？」我問：「給他看看本地人對外地人能容忍到什麼地步。」

她神經地笑著說：「你已經不算是外人了。」

「我也不能算是內人呀。至少我們可以邊吃邊談。」

「談什麼呢？」

「談一個鄉下報館做事的女孩子怎樣有機會可以賺點外快。」

「多大一筆外快？」她問。

「還不知道。」我說：「要研究之後才能知道。」

她說：「我也正想研究研究。」

「吃飯的事怎麼樣？」我問。

她自肩上望向後面的隔間，她說：「一言為定。」

我等她把發票開好。

她說：「要在後天才能登出來。我們現在是週刊。」

「我知道。」我說：「我來這裡接你？」

「不行，不行。六點鐘我自己去旅社大廳。這裡你有其他熟人嗎？」

「沒有。」

她看來輕鬆了不少。

「這裡還有其他報紙嗎？」我問。

「沒有，現在沒有了。一九一八年有過一家，一九二三年的時候關了。」

「帶條路如何？」我問。

「你不正在路上嗎？」

她把舊報拿出來。整個下午我都在查舊報的社交版和花邊新聞。我收集各個當時林醫生和林太太曾參加的集會名稱和參與人姓名。最後我已相當瞭解這裡當時社交圈活動的情況，和林醫生、林太太相熟的人是些什麼人。

櫃檯後的小姐一半時間坐在高腳凳上觀察我的動向，一半時間在隔間後打字。我再也沒聽到男人的聲音。不過我記住他咳嗽警告，我不去逗那女孩子。自收據上她的簽字，我知道她叫鄧麗恩。

五點鐘我離開報館回旅社整理整理。我下樓來到大廳等候她。

她在六點一個人進來。

「這裡的雞尾酒吧不知道好不好？」我問。

「還不錯。」

「先來點雞尾酒，晚飯會好吃一點。」

「有可能。」

我們每人來了一杯不甜的馬丁尼，我建議再來一杯。

「是不是想灌我喝醉？」她問。

「用兩杯馬丁尼？」我問。

「經驗告訴我兩杯是一個好的開始。」

「灌你喝醉對我有什麼好處？」

「我怎麼知道。」她笑著說：「一個橡景報館工作的女郎怎麼可能賺一點外快？」

「我還不知道。」我說：「是要靠能不能帶路。」

「怎麼說法？」

「帶得有多好，又帶得有多遠。」

「喔。」

我捉住酒保看過來的時機，轉變他的眼光使他看到我們杯子空了。當他為我們調第二杯的時候，我說：「我在等你回答。」

「好習慣，我正在研究。」

「以前有沒有靠這個方法賺過鈔票？」我問。

「從來沒有。」她說，過了一下加一句：「你呢？」

「一點點。」

「你認為我也可以？」

「我認為你肯講就有錢。說說看，鎮裡怎麼可能只有你一個女人是漂亮的？」

「謝了，你做過戶口調查嗎？」

「不必調查，我有眼睛。」

「我知道你有眼睛，賊眼溜溜的。」

酒保把酒倒進我們酒杯。她說：「戲院賣票的我有不少朋友，她們都告訴我旅行推銷員見她們，第一句話都是『怎麼可能鎮裡只有你一個是漂亮女人』。可能這是最古老的吊馬子方法。」

「我看不見得。」我說。「這種方法會有用嗎？」

「那你該用一些新招式。」

「我會的，」我說：「一九一九年這個鎮養得起一個整型科醫生，現在怎麼養不起了呢？」

「是養不起了。」

她說：「有很多原因。我們在外地人面前很少一一枚舉，看來有點洩氣。」

「舉一個最大原因出來看看。」

她說：「鐵路有了新路線，停這裡的少了。開店的搬到別的地方去了。再說二一年有不景氣，你是知道的。」

「是嗎？」我問。

「我那時尚小。商業至上，政治第一嘛。」

「你們報紙是什麼政策呢？」

「當地為重點。」她說：「一切為鎮民。本郡有不少家報館，你知道的。我們還是早點把酒解決掉用飯吧，要不然本地的聰明人會把好菜都點走了。」

我們把雞尾酒喝掉，我牽著她手走進餐廳。坐定後我把玩著菜單問她：「該點什麼？」

她說：「不該點醃牛肉，那醃得不好。不可以吃雞球炸鳳梨，他們每星期三才做一次雞球。羊排嘛是昨天的，所以今天應該點烤牛肉，靠得住一點。他們的烤洋芋倒是極好的。」

「一隻大大的烤洋芋。」我說：「加上很多很多牛油，吃完了人都不一樣。你怎麼突然肯和我出來混的？」

她的眼睛睜得滾圓。「怎麼說？」

「你怎麼突然肯跟我出來混的？」

她說：「我喜歡呀！怎麼這樣問？」

我說：「這樣問是因為你自己引起我問的。」

「我？」

「不是直接的。那男人想自我身上得到消息，他得不到，於是走進後面一間，把你請得親自出馬。主意是如此打的。」

她眼睛仍睜在那裡。「喔！」她說：「我的媽呀，你真是順風耳！」

「他要盡一切可能弄點消息出來，甚至暗示他有我要的消息，這樣我們可以互換彼此的消息。」

「他真的這樣做嗎？」

「你知道他這樣做過。」

「抱歉。」她說：「我不像你可以看透別人心思。」

侍者過來，我們點了菜。我看到她在環顧餐廳每一角落。「怕什麼嗎？」我問。

「怕什麼？」

「是不是怕某甲會看到你和一個外地人吃飯，你又來不及向他解釋這是老闆派給你的公事？」

「某甲是什麼人？」

「男朋友。」

「什麼人的男朋友？」

「你的。」

「我不認識什麼某甲。」

「我知道，我也知道你不會告訴我他叫什麼，所以只好先用某甲來稱呼他。這樣省事省力，對嗎？」

她說：「原來如此。我懂了。不過不對，我不怕什麼某甲，他很開通的，也不發脾氣。」

「不帶武器？」我問。

「不帶，上次開槍打人是六個月之前的事了，再說那一次也只是打中別人肩膀而已。那個人早在六個星期前出院了。」

「真佩服你那某甲的自制能力，」我說：「我還真怕某甲會發脾氣呢。」

「嘎，不會的。」她說：「他溫存體貼，尤其是對動物。」

「他幹什麼的？」我問。「我說靠什麼為生的？」

「喔，他在這裡做事。」

「這旅社？」我問。

「不，不，我是指在這個鎮上。」

「他喜歡這裡嗎？」

戲謔的神色一下自她眼中除去。她把叉子一下插進她的烤牛肉去，她說：「當然。」

我說：「那就好，」她就一、兩分鐘不再說話。

餐廳裡面的席次居然滿了八九成。我認為這家旅社餐廳的生意並不全靠房客來用餐。顯然有很多人是這裡常客。有的客人相當注意鄧麗恩和在她身旁的男士。想來鄧麗恩在這一帶尚還很出名的。我隨便再問她一些鎮上的事，回答也都是簡短而無關痛癢的。她已經不再和我逗趣了。一定是有了什麼原因使她半途煞車了。我試著回想，她眼睛不再發光那個時候，是否曾有什麼人走進這餐廳呢？假如這是正確的，在這一個特別時間進來的只有兩批人。一是兩個中年人，目前他們似乎太集中精力在他們的食物和兩人間的談話上。另外就是看來像一家人的一桌。中年男人禿頭，灰眼；女的肥肥的；女兒該是九歲；兒子七歲。

用過甜點後我把我的香菸遞了一支給她。她也接受了。我們把菸點上，我自口袋中把我摘出來的名單拿出來遞給她。我問：「這裡面還有多少人仍在鎮上？」

她注視名單幾分鐘，生氣地說：「你倒聰明，真聰明。」

我等著她回答我的問題。過了一下，她說：「你這裡有十五個人的名字，大概還有四、五個人仍在鎮裡。」

「其他的人怎麼啦？」

「和鐵路一樣換地盤了。林醫生那時代這些人還都混得可以。生意不好做的時候一個個溜了。一九二九年又逢一次打擊，鎮上一家最大罐頭廠倒閉了。」

「這些留下的，你都認識他們嗎？」

「當然。」

「哪裡可以找到他們？」

「最容易的方法自然是電話簿。」

「你不能告訴我嗎？」

「是可以，但我還是希望你自己在電話簿裡去找。」

「原來如此。」我說，把名單又放回口袋中去。有家電影院在演一部二輪片，我是看過的。我建議我們去看。她同意了，自她同意的方式，我看得出她一定也已經看過了。過了一陣，我們一起用冰淇淋，這時候我又把名單拿了出來。

「請你勾一下哪些人還在鎮上。」我說：「省得我把電話簿翻爛了。」

她考慮了一下，在名單上用筆勾了四個名字。她說：「辦法是不錯，不過不見得會有什麼用。我不相信鎮裡會有人知道她去哪裡了。」

「為什麼能那麼確定呢？」

「這件事曾經引起很大的注目，你是知道的。」

「那是不景氣之前，」我說：「自此之後曾引起大眾注目的事多得是。」

她想告訴我什麼，最後決定不說了。我說：「說呀，幫我個忙又如何？」

「你又不幫我什麼忙。」

我說：「我假如能找到林太太，對她可能大有好處。她極可能是一筆遺產的受益人。」

鄧麗恩笑著說：「數目有賭全場獨贏大嗎？」

我笑笑。

她問：「你到底要不要告訴我，為林太太弄出那麼多的事端來，到底為什麼？」

我毫不緊張地說：「我也不知道呀。」

「你是為別人在工作，還是你自己替自己工作？」

我說：「話又說回來了，如果你能找到她，極可能有一點你的好處在裡面。」

「我找到她，」她問：「有多少好處？」

「假如你知道她在哪裡，又肯鬆口給我們消息，極可能有點你的好處在裡面。」

「多少？」

「在我問幾個問題前，我不知道。你到底知道她在哪裡嗎？」

「不知道，我當然希望我知道的。這裡面故事情節曲折。我為舌鋒報收集情報的，你知道。」

「你會加薪嗎？」我問。

她說：「不會。」

我說：「我也許可以給你引見一些人——他們會比舌鋒報付你多一些錢，怎麼說？」

「舌鋒報反正不會加薪的。」

我說：「如此說來應該比比價才好。」

「多少？」她問。

「我不知道，我該問問別人。其他的人怎麼樣處理？」

「什麼其他的人？」

我做出驚訝狀。「怎麼啦？」我說：「當然是說其他在找她的人囉。」

她思索著道：「這一點我不能提。」

我說：「想來是那個舌鋒報的老闆不願提。是嗎？」

她把眼光集中在桌上她那隻大玻璃杯。杯子很大，很古老型式，顯然是餐廳開幕就開始在用的。她玩弄杯子道：「你在大城市生活多久了？」

「一生都在。」我說。

「中意嗎？」

「也不見得。」

「如果我能去大城市，我會興奮死了。」

「什麼好興奮的。」

「你不知道小鎮的死樣。」她說：「每一個人都知道你是什麼人。在城市裡你才能真正過自己的生活。假如想交朋友，千千萬萬人任你選，可以看戲，看櫥窗，有真正的美容院，當然還有好的餐廳。」

我說：「當然還有激烈的競爭，不正常的欺詐，太多的車輛，紊亂的交通，停車的困難，弄不清的單行道，各種污染。至於交朋友嘛……假如你真想單獨生活，你才會去大都市。所有人都是外人，接觸方式不對，他們永遠是外人。」

她說：「我寧可過那種生活，因為我太討厭每天見相同的面孔了。在小鎮生活，人會慢慢陰乾的。這裡的人知道我比我自己都清楚。」

我問：「他們對你的工作也知道得比你多嗎？」

「他們自以為是的。」她說。

「不要那麼悲觀。」我說：「你還有某甲。」

「某甲？」她問：「喔，是的，我懂你的意思了。」

「假如你去大城市，」我說：「你得把某甲留下。某甲喜歡這裡你該知道。」

「你到底是逗著我玩，還是要我快樂一點？」

「只是問問題罷了。能不能代我找一點我有用的消息？」

她用小匙的邊把杯中冰淇淋切成兩半，再把它切成小塊，又把它剁成泥狀，最後除了奶水外什麼也沒剩下。她說：「唐諾，我們來說清楚，你在為別人工作。你要消息。假如我告訴你什麼有用、值錢的消息，你自己不能給我錢，你要先問那個出錢的人，對嗎？」

「對的。」我說。

「那麼我為什麼要告訴你？」

「友誼，合作。」我說。

「聽著，我也不要錢。事實上我不覺得我知道什麼特別的或自認是值錢的。不過，我極可能對你是有用的。假如幫了你忙，你能不能在大都市替我找一份工作？」

「老實說，我沒有工作給你做，但是我極可能介紹你別的人，他們可能有工作要人做。不過在大都市找工作，目前是很困難的。」

「假如我幫了你忙，我又到城裡去，你會真心試著幫我忙嗎？」

「在可能範圍我會的。」

她把小匙在杯中轉了一個圈。她說：「你不肯把話講死，我也只好由你。任誰都知道你來小鎮為的是找消息，即使我把消息給你，你也不會把你為什麼要這消息的原因告訴我的，是嗎？」

我說：「是的。」

她說：「好吧，你會的我也會。假如我從你口中找到什麼消息，我也要利用的。」

「公平。」

「別說我沒有提醒過你。」

「不會的，你現在正在提醒。」

「你想知道什麼？」她問。

「你知道林太太現在在那裡嗎？」

「不知道。」

「在你們報紙舊檔案裡有她的照片嗎？」

「沒有。」

「你自己查看過嗎？」

她慢慢地點頭，有點心不在焉，眼光又集中在冰淇淋小匙上。

「什麼時候？」

「兩個月前。」

「那個時候什麼人也在找她？」

「一個姓勞的男人。」

「不知道他叫什麼名字吧？」

「他在這旅社登記過，你自己可以去查。」

「他要什麼？」

「你想要的。」

「什麼長相？」

「四十歲，大個子，差不多全禿了，是個不停吸雪茄的人。在報館裡閱報的時候討厭死了，污染空氣。」

「他之後又有什麼人來？」

「一個年輕女郎。」

「年輕女郎？」

她點點頭。

「什麼人？」

「她的名字叫戴愛蓮。像不像是個假名字？」

「很多名字聽起來都不像真的。」

「這一個特別不像真的。」

「那一定是她看起來有點假。」我說。

她回想一下道：「你說得也有理。那個女的有的地方——怎麼說呢，就是不太對勁。」

「她什麼長相？」

「我想你是對的，她是個假貨。她應該是粗俗一類的——但是大大的偽裝了一下。文靜，膽小，好像老用腳尖在走路。她曲線美極了，衣服時髦透了，老實說，這種衣服穿在她身上才相得益彰。不過她——有一點裝過火了，太優雅了，太甜言蜜語了，太純潔了。」

「你認為她沒有那麼純潔？」

「是的，你要自己見到才有這感覺。我認為她是林太太的什麼親戚。」

「她這樣說過嗎？」

「從她所說過的話裡，我認為她是林太太前一次婚姻所生的女兒。」

「這樣說來林太太現在是幾歲呢？」

「也不太老，該是五十吧。我認為林太太嫁給林先生的時候，戴愛蓮還是個小孩——私生子，也許。」

「這樣算來，戴愛蓮該二十六或二十七歲了。」

「差不多。這裡沒有人知道林太太有一個女兒。」

「她也住在這旅社裡嗎？」

「是的。」

「住了多久？」

「一個禮拜。」

「那一個禮拜她做些什麼？」

「她希望能找到一張林太太像樣的照片。她自家庭相本中找到了四張，買了下來，她寄去了什麼地方，旅社裡的人告訴我，她特別找一些硬紙，襯墊在照片下面寄了出去。」

「旅社裡人告訴你她寄去哪裡了嗎？」

「沒有，她是去郵局寄的，不過硬紙是這裡拿的。旅社裡人知道裡面是相片。」

「還有什麼消息？」我問。

「沒有了。」

我說：「麗恩，謝了。我不知道這些消息可以給我多少幫助。我希望能多少有些用。假如有用，我希望能湊些錢感激你，不會太多，有總是好的，我的老闆小氣得很。」

她說：「不必記在心上。我倒希望換一種方式。」

「什麼方式？」

「你盡你力來幫我，我盡我力來幫你。我在某種範圍下會把知道的告訴你。有一天我到大都市來找你，你盡力幫我找一個工作。」

「我的能力有限。」

「我知道。你盡力而為，好嗎？」

「好的。」

「你會在這裡很久嗎？」

「不知道，要看情形。」

「說不定假如有事發生，我怎麼可以通知你？」

我拿出一張只有我名字，其他部分空白的名片，把柯白莎偵探社所在的地址、大樓名稱寫在上面交給她。我說：「信寄到這地址，我一定收得到。」

她研究這張卡片很久，拋進她皮包，對我笑笑。我幫助她穿上外套，用公司車送她回去。她住在一幢急需再油漆的兩層木架屋子裡。屋外並沒有出租房間的招牌，想來她是住在私人家庭裡。我沒有去深究，因為這種資料以後隨時可以問得出來。真如她自己說過，住在這裡的人對她知道得比她自己都多。

自她說再見的樣子，我分辨得出她並無意要我吻別，所以我就沒有吻別。

午夜前一點時間，我回到旅社。一支雪茄就使夜班守櫃檯的很願意和我做朋友。

過不多久，我就能翻動登記簿找到勞彌勒和戴愛蓮的登記。我想得到登記的地址一定是假的，不過當值夜的去照顧電話總機的時候，我還是把地址抄了下來，以防萬一。

當他回來的時候，我們閒聊著。他告訴我戴愛蓮是乘火車來這裡的。來的時候，她的一隻託運箱子遭到破壞了。她經過火車服務員和旅社服務員填了一張理賠申請書。他不知道賠償問題解決了沒有。

我發現電報是可以經由電話亭發的。我發了一個電報給柯白莎：

「進展不大。請詳查三週前南太平洋鐵路公司運至橡景木箱行李破損索賠案。該案受損人姓名可能用戴愛蓮。另，能否付二十五元給提供消息者？」

我把電話掛上，回到自己房間。鑰匙打不開門鎖。我正在研究原因的時候，房門從裡面一下打開。一個大個子男人站在門裡，把窗裡可能照進來的亮光幾乎全部擋住，他說：「賴，你進來。」

我站在門檻外，他把房裡的燈打開。我向上看他。

他大概六呎高，兩百磅出頭，既不瘦，也不肥，寬肩，伸出一隻大爪，抓住我領子，重重拖了一下。「我說，你進來。」他說。

我被拉進門去。他順勢用肩一撞，我衝過地毯倒向床上。他用腳把門勾上，說道：「這還差不多。」

他站在我和門中間——也站在我和電話中間。自我剛才看到旅社值班人對於電話總機服務的態度，即使我能用電話，至少也要幾秒鐘之後他才會來接聽。更甭說那傢伙正站在我和警方聯絡必需的工具之間。

我把領帶整一整，把領子的邊緣拉一拉，我說：「你要幹什麼？」

「我要你滾出這個鎮。」

「為什麼？」

「水土不服，」他說：「對你這種小不點不合適。」

「到目前為止還可以呀。」我說。

「不到時間。這裡有瘧疾。晚上蚊子圍著轉。牠們咬你，不知不覺你就病了。」

「我去哪裡可以避免害蟲來咬我呢？」我問。

他變色了。他說：「小鬼，再耍小聰明要你好看。」

我摸呀摸呀摸出一支香菸。點著它。他看我把火柴湊近香菸，看到我手在顫抖，笑著撇撇嘴。

我把火柴搖熄，深深地吸了一口菸，說：「你講，這裡你是大爺。」

他說：「我講過了。這是你的行李箱，把它裝好。我陪你下樓上你的車。」

「假如我不要你陪？」

「那你只要闖過我這一關。」

「假如我不走？」

「你會有意外的。」

「我不會有意外，我也有朋友，他們不喜歡我有意外。」

「你可能有夢遊症，你一下走出窗子去了。你朋友會調查，但是查不出什麼？」

「我可以大叫。」我說：「會有人聽到的。」

「當然，會有人聽到的。」

「會報警。」

「也會。」

「然後會怎樣呢？」

「我不會在這裡。」他說：「你也不會在這裡。」

「好吧，」我說：「我就叫。」我大喊：「救命呀——警——」

他自座椅上跳起，像一隻貓似的靈活。我看到他巨大的軀體射向我，我用盡全身之力一下子向他腹部擊去。

我沒有碰到他。

什麼東西打中我的頭側，像要把我頸子打斷。醒來時，我被裝在自己公司的汽車裡，車子在平整的路上跑。我的頭在痛，下巴腫得不能動。那大個子坐在方向盤後在開車。因為我開始移動了，他看向我。他說：「老天，什麼破車。你們混帳的偵探社為什麼不給你弄輛像樣的交通工具？」

我把頭伸出車窗外，讓夜晚的冷空氣清醒一下我的腦袋。大個子用一身的力氣踩在油門上，而柯白莎的車喘喘地甩著尾巴在向前急進。

我看到我們是在山路上，沿著山谷曲折地在前進。不久來到一處平原，松樹的陰影映在多星的天空。大個子把車慢下來，顯然是在找一條側路。

我乘機越過車座，以兩隻手抓住方向盤用力扭轉。

車子一下向路側斜去，但是他用力一扭又回到路中。他兩隻手不離開方向盤，只是用右肘攔我一下，正撞上我痛得厲害的下巴，我只好把雙手放開。什麼像水管似的東西打在我後頸上，醒來時我仰躺在地上，不知身在何處。

我花了點時間把意志集中在一起，伸手進口袋摸火柴。擦亮了火柴見到自己是在一間木屋裡，躺在舖滿乾松針的舖上。我坐起來坐在那張松枝做的靠牆床舖上。再擦支火柴點著了找到的一支蠟燭，看一下手錶。現在是三點一刻。

木屋顯然已年久失用。很不乾淨，有霉味。窗都用木板釘死了。老鼠曾出入這裡把偷來的食物東拖西拖，一隻大蜘蛛在網裡瞪著看我。床舖上面乾的松樹針葉顯然已混進我亂亂的頭髮裡，我站起來的時候一條條地落到我頸後。

我感到自己才從碎肉機裡出來。

整個木屋沒有別人。我看看木板釘死的窗子，試試大門，想像中大門一定是鎖著的。沒有鎖。山上冷冷的空氣，充滿了松樹的香味，衝進我的鼻孔。門外有一大堆黑漆漆的東西。我把蠟燭移過來看一下，那是公司那輛老爺車。

一條山溪發出流水聲，顯然離這裡很近。我用蠟燭照著巡視一下，發現有條小徑是可以通到山溪去的。我用手帕浸濕了冰冷的溪水放在前額、後頸，最後放在我眼睛上。一陣山風吹熄蠟燭。我坐在黑暗裡，請冷水幫我治療傷痛。

過了一下，我用又冷又濕的手在第二次努力時又點亮了蠟燭。我回到木屋。我完全不知道這木屋的地理位置。

我吹熄蠟燭，關上木屋的門，爬進公司車。鑰匙在打火鑰匙孔裡。我把汽車發動。油箱是半滿的。車頭燈照出去有一條不平的山路直接可以離開木屋。我把車吃進檔去，不到半哩路就來到柏油路面的公路。我不知道這裡的方向，我直覺地把車向下坡方向開去，希望能回到山谷地去。

第二章　鐵路局協調員

柯白莎一掌把辦公桌上積聚的週一上午信件推開，點上一枝紙菸，湊過桌子看向我，她說：「老天！唐諾，你又打架了！」

我在桌子對面的椅子上坐下來。「不能算是打架。」

「那算什麼？」

「只能算押解離境。」

「誰來押解？」

「從他的樣子看來，我會認為他是當地警察中的一員，不過他太做作了一點，所以我想他不是當地的。他一定有一個朋友開車一路跟我們走，否則他得先準備一輛車，如此他才能離開那把我拋在裡面的木屋。他把公司車還給我，甚至還給我買汽油。」

「從哪一點你認為他是警察？」

「看起來像，說話也像。舉動更像。」

她抿上嘴巴，笑著說：「唐諾，一定夠你受的。」

「還可以啦。」我說。

「你又回鎮上去了？」

「沒有，我沒有回去。」

她眼角變冷酷了。「為什麼？」

「氣候。」我說。「水土不服，太熱。那裡有瘧疾，有蚊子。」

她說：「亂講。」

「我覺得我們在這裡可以辦更多有關本案的事。」我說。

「怎麼會？」

「兩個人比我早到橡景。他們的目的和我完全相同，我認為該帶走的都被帶走了。」

「那麼為什麼有人要把你趕出來呢？」

我說：「我也在研究。」

柯白莎透過她自己吐出來的藍色煙霧看向我。她說：「這一點很重要呀，唐諾。」

「我覺得你想對了方向。」

「好了！也不必太洩氣，偵探嘛，免不了的。這種事老發生在你身上，主要是你天生嬌小。大家都挑好吃的吃，那傢伙到底是誰？」

「還不知道。我上樓的時候他坐在我旅社房間裡。那是在我打電報給你之後。我本當回橡景去的，但是突然想到一條線索，在這裡辦比較快速一點。」

「把你所謂的線索說來聽聽。」

我把記事本拿出來，把得來的情報一一告知白莎。

柯白莎說：「林太太出國的事碰了壁了。她根本沒有經過巴拿馬運河——一九一九年沒有，一九二〇年上半年也沒有——反正絕沒有用她自己真姓名坐船經過運河。當然，假如用的是假名字，我們一點也沒有辦法查。經過那麼多年，想用長相去追查是不會見效的。再說，我告訴你，我們不能為要得到消息，去付別人二十五元。客戶付錢給我們，是要我們有消息。我們收進來的錢要付我們偵探社的開銷。以後你千萬不要浪費電報費來問這種笨問題。」

「晚上電報便宜，」我說：「基本數六十個字，一字不多，一字不少，沒多花你一分錢。」

她說：「我知道……別以為我不會數你用了幾個字。不過我告訴你，以後這種問題問也不要問。什麼人給了你消息啦？」

「一個女孩子。我現在對她已經沒有當時熱誠了。那個揍我滾蛋的人，極可能是某甲。」

「某甲是什麼人？」

「我也不知道。是我起的一個別號。箱子的事查得怎麼樣了？」

「一位哈愛蓮向鐵路局申請七十五元賠償。為的是箱子和箱子裡損壞了的衣服。」

「申請款付了嗎？」

「協議中。行李車中她的一隻箱子壓破了一隻角。鐵路局說這個箱子本來是又老又舊，申請七十五元賠償過火了一點。」

「有戴愛蓮的地址嗎？」我問。

「哈愛蓮。」她說。

「同一個人。她在橡景大概一個禮拜。」

「地址我有。我來看，在哪裡？老天，我什麼東西都會掉！」她拿起電話，對卜愛茜說：「找一下哈愛蓮的地址。我給了你的……有，我給你的……喔……我右手抽屜裡，嗯？謝了。」

柯白莎打開右手抽屜，在一堆紙張裡翻呀翻地拿出一張紙片來。我把愛蓮的地址抄進我的記事本。

「要去看她？」她問。

我說：「是的。此外還有一條線索。州醫師公會一定是同意林醫生改了姓名，另外發了一張開業執照給林吉梅醫生了。」

「怎麼會有這種想法？」

「林醫生是整型科的專科醫生。他溜了，他的診所護士和他在一起。你自己想想，醫生還有比行醫更好的工作嗎？」

「你怎麼不想想他可能在別的州開業呢？」

「因為專科醫生不比一般醫生，他要申請執照，要填明以往在哪些州，是否也在做這一門專科，反正要計算年資的。他在這一州的情況也會被詢問。我想多半是林醫生以什麼原因向法院申請改名，寄了一份批准文件的拷貝給醫師公會，用新名字申請了開業執照，仍在本州開業。這比到其他州開業簡單得多。」

柯白莎冷冷的灰眼珠閃著同意的光彩。「唐諾，」她說：「你是一個聰明的小混蛋。這種推理合乎邏輯。」過了一下，她繼續道：「不過，我們的客戶規定我們要集中精力調查林醫生的太太。」

我說：「在我們找到林太太之後，不會有人再問我們是怎樣找到林太太的，對嗎？我要五十元做開支。」

她說：「你真的不把錢當錢用。拿去，這可是最後一次給你這件案子的開支了。你認為他知道她在哪裡？」

「林醫生把一切給她，自己掃地出門。」我說：「他極可能私下和她有什麼財產上的協議。」我一面把白莎給我的開支費數了一下，放入口袋。

「假如他們另有協議，又如何？」

「假如他真決定自己一文不留！他為什麼要離開已有病人的橡景另起爐灶？法庭

判決再凶，也不能判他交出他沒有的東西。他要的是要離開橡景。假如他和他太太有私下的財產協議，他極可能知道她在哪裡。」

柯白莎瞇起兩眼。「有點道理。」她承認地說。

我問：「你有王先生的電話號碼嗎？」

「有。」

「那好，給他打個電話……」我突然停下來。

柯白莎道：「怎麼啦，唐諾？」

「還是不要讓王先生知道我們在幹什麼。我們用我們自己的方法來把林太太找到。我可以冒充鐵路局派去的協調員，去看哈愛蓮。我可以付她七十五元叫她開張收據。之後，我又可以再回去說我給錯人了，甚至說她冒充姓戴的，如此可以迫她說些消息出來。」

柯白莎的兩隻眼珠猛然突了出來。「老天！唐諾。」她說：「你認為這偵探社是鈔票礦呀？我們替鐵路局到處去救濟人！」

「你可以列入必需開支，向王先生收費。」

「你長不大，還是腦筋有病？公司還有其他開支。我們付給別人越少，白莎的收穫越多。」

我說：「不走這條路，找其他路，我們付出可能不止七十五元。」

柯白莎搖搖頭。「就這樣決定了。」她說：「你另想他法。」

我拿起帽子，我說。「好吧，我另想他法。」

我手才伸向門把，白莎叫著使我回頭。「唐諾，這件事要加緊一點，你要另想他法，不要拖泥帶水。」

「我正在努力想辦法。我已經在橡景的舌鋒報登了一個廣告，徵求知道林太太或她遺屬消息的人，看起來是為了遺產執行。」

「廣告花多少錢？」白莎問。

「五元。」

白莎自慢慢繚繞上升的香菸煙霧中看向我。「哪能這麼貴？」她說。

我打開門，不經意地說道：「經你一說，是貴了點。」在她說任何話之前，我把門帶上。

我開了公司車，一路來到哈愛蓮的地址。這是一個廉價的三層磚造公寓房子。在信箱邊上有房客名單和電鈴。我發現三〇九住的是哈愛蓮，我按電鈴。按第三次鈴的時候有了反應，嗡的一聲大門也開了，我自行進去。

一條走道一直向房後延伸大概十五呎的樣子，沒有窗，燈光極暗，有陳舊味。左側有扇門，上面寫著是管理員住的。走道中途一隻電燈炮半空吊著照明電梯入口。我乘電梯到三樓走向三〇九室。

哈愛蓮站在房門口，用睡腫了的眼睛向走道上看。她既不文靜，又不優雅。她用粗啞的喉音問道：「你要幹什麼？」

「我是鐵路局派來的協調員。我來協調你箱子的事。」

「老天，」她說：「也該是時候了。為什麼上午來呢？你該知道夜生活的女人上午是要睡覺的。」

「抱歉。」我說，等她邀我進去。

她站在門口。自她肩上向房裡望，我可以看到一張放下來的壁床，床單和枕頭都看得出睡過的人才踢掉毯子起床。

她不肯離開原來站著的位置，對我不能放心。她有敵意，她貪婪。她說：「給張支票就可以了。」

她有金色的頭髮。自她髮根我看不到較深的其他顏色。她穿一套桔色的絲睡衣，一件家居晨衣披在肩上。她用左手抓住了晨衣前面開口的地方。自她的手背，我猜她是二十七歲。自她臉蛋看來，打扮起來還充得過二十二歲。我不知道她身材，但是從她的站姿看來一定也是一等一的。

她說：「好吧，進來吧。」

我走進房去，房裡充滿了少女在睡的氣味。她把毯子一下翻正，自己一屁股坐在床沿。她說：「唯一的沙發在角上，你自己拖過來坐。我把床翻下來不得不把傢俱調整一下位置。房間小。你到底要什麼？」

「我要仔細校對一下你的申請單。」

「我已經一項項填清楚了。」她說：「我該要求二百元賠償金的。既然你來了，我給你面子賠七十五元算了。七十五元其實是我真正的損失。你想打折扣是談也不必談。再說以後千萬不要在上午來找我。」

「抱歉。」我說。

床頭櫃上有一包香菸和一只菸灰缸。她伸手過去拿到那包香菸，點火，深吸一口，沒有把煙吐出來。「你說話呀！」

我拿出我自己的香菸，點火。我說：「只有小小的一兩點問題，希望你能說明一下，我就向鐵路申請發給你七十五元的損失。」

「這才像話。」她說：「什麼小問題？你要看箱子的話，它在地下儲藏室放著。有一個角整個壓下去了。木板碎片刺破了我一雙絲襪，一套衣服。」

我問：「破襪和破衣服有沒有留下？」

她避過我眼光說：「沒有。」

我說：「我們的記錄上顯示，你在橡景的時候你的名字是戴愛蓮。」

她一下把香菸自口中抹下，雙眼露出怒氣道：「你們搞什麼鬼名堂！偷偷摸摸的，怪不得你連眼睛都給人打烏了。我用什麼姓關你屁事，你們把我箱子弄破了，不是嗎？」

我說：「在這種地方，鐵路局一定要有一個合法立場。」

「我會給你一個合法立場。你要我用戴愛蓮名義簽收，我也可以。我本來就叫哈戴愛蓮。你要我簽唐明皇我都可以簽給你。」

「在這裡你姓哈？」

「當然我姓哈。沒出嫁我姓戴，哈是從夫姓。」

「假如你是已婚，你先生也要簽字作保。」

「狗屎，我已經三年沒見過哈比歐了。」

「離婚了？」我問。

她猶豫了一下，然後說：「是的。」

「你看，」我解釋道：「假如鐵路局和你協調成功，而領錢的結果不是箱子的所有人，鐵路局不是有點尷尬嗎？」

「你是不是在說這個箱子不是我的？」

「不，不，不。」我說：「不過箱子所有人的名字有點混淆。鐵路局強迫一定要澄清一下。」

「好了，現在澄清了。」

我說：「理賠部門主管的頭腦死得很，哈太太。他——」

「哈小姐。」她糾正說。

「好吧，哈小姐。理賠部門主管是個死腦袋。他叫我來調查你去橡景時用的是戴愛蓮，不是哈愛蓮。」

她生氣地說：「你把我才說的理由告訴他。叫他早點去死。」

我記得她站在門口時的貪婪臉色。我站起身來，「好吧！」我說：「我會告訴他的。抱歉打擾你了。我真的不知道你在晚上工作。」我走向門口。

還沒開門，她說：「等一下，你再坐一下。」

我走過去，把香菸上的灰撣進她床頭的菸灰缸，又再坐回老位置去。

「你說你會替我設法幫忙辦妥賠款？」

「是的。」

「你是在鐵路局工作的，是嗎？」

「我們都希望把這件事解決。當然，我的協調不成功，鐵路局會把這件案子交法院解決。剩下的工作由律師辦。」

「我不希望打官司。」

「我們也不希望。」

她說：「我去橡景有點事，是我自己的事，與你們無關。」

「我們對這件事沒有興趣，只對你為何用另一個姓要弄清楚。」

「這不是另一個姓，本來是我的姓。」

「這一點我有一點難予上報。」

她說：「我從頭說起，我到橡景為的是找一個人的消息。」

「能把人名告訴我嗎？」

「不能，」她猶豫很久，以致來得及將菸灰撣掉。然後她說：「一個男人派我到橡景去，去調查他太太的消息。」

「這一點我要調查一下的，能告訴我這位男人的姓名地址嗎？」

「可以，但我不想說出來。」

我拿出記事本，猶豫地說：「好吧，我有可能替你辦好，但是理賠部門很古板，他們不會滿意的。在姓名上那麼複雜的混淆，他們會要求知道詳情的。」

「假如你能辦妥，我什麼時候可以拿到支票？」

「幾乎是立即的。」

「我需要這筆錢。」她說。

我不說話。

她說：「我去追查的消息是絕不可公開的。」

我問：「你是個私家偵探嗎？」

「不是。」

「你做什麼工作的？」

她說：「我在一個晚上才開門的地方工作。」

「什麼地方？」

「那叫『藍洞』的。」

「唱歌？」我問。

「偶然也唱唱。」

「問你一件事，你們夫婦不住在一起？」

「不。」

「分居多久了？」

「有一陣子了。」

「能不能給我一些知道這件事，肯證明一下的人的名字？」

「這和我的箱子有什麼關連？」

「我認為你在橡景辦完事，回來是向你丈夫報告的。」

「是這樣的嗎？」

「聽著，你要想早一點把這件事解決，你可以把他的名字告訴我，我去拜訪他一下，請他說明一下。我自己也給你證明一下，公司也就會滿意了。」

「不過我沒有辦法呀。」

我說：「這樣我們剛才所說的一切，也就等於白說了。」

「你也給我聽著。」她說：「那個箱子的確是我一個人的箱子。我一直放我自己用的東西的。投訴也是我自己辦的。根本和任何第三者無關，也就是說，那送我過去辦事的人不應該知道發生了這件事。」

「為什麼？」

「因為他會扣我薪——扣我的給付。」

「明白了，」我說，一面把記事本一下合攏，放入口袋，又把自來水筆套回去。「我會儘量幫你忙的。」我懶洋洋地說。「我只怕老闆吹毛求疵。這件事中充滿了漏洞。」

她說：「你替我弄到支票，我就買瓶酒給你。」

「不必了，我有規定不能收禮。」

我站起來，在她的菸灰缸裡把香菸弄熄。她把身子移動一下，拍拍床墊說道：「過來，坐到床上來。你這個人看來不是壞人。」

「我良心很好的。」

她笑笑道：「你尊姓呀？」

「賴。」

「你叫什麼？」

「唐諾。」

「好吧，賴兄，我們做個朋友。我不想和你們鬼公司打什麼官司，我又需要鈔票。你幫我忙好嗎？」

「我也只能盡力而已。」

她說：「那就可以了。吃過早餐沒有，肚子餓不餓？」

「早就吃過了。」

「沒關係，我可以弄點吐司，泡杯咖啡。」

「不必了。我的工作很多，還有地方要跑腿。」

「唐諾，你一定得幫我這個忙。是什麼事讓你臉受傷了？」

「一個傢伙揍了我。」

「你能不能填一張會使你老闆滿意的報告書？」

「你是說使管理賠的滿意？」

「是。」

「你見過他嗎？」

「沒有。」

「他三十五歲，黑眼珠鬈髮。西班牙血統，女人見了他很著迷的。」

她興奮地看向我。「我打扮起來，自己去看他一次。」她說：「照你這麼講，我有辦法叫他賠我鈔票。」

「辦法是不錯。」我說：「我把報告送上去前先可以不要試。也許可以批准下來的。萬一不行，再告訴你，你去用你的美人計。」

「好！唐諾，就這樣說。」

我和她握手。我離開她房間。

街角有家雜貨店。我用公用電話打電話給白莎的辦公室。卜愛茜把電話自總機接進去，沒有說明是誰的電話。「我是唐諾。」我自己說。

「你哪裡去啦？」白莎問。

「在工作呀。我認為我找到了一個線索。」

「說。」

「姓哈的女人是夜生活的一個女人。是林吉梅付錢給她，叫她找林太太的。」

她說：「唐諾，什麼意思別人給你電報，卻叫公司付錢。」

「我不知道這件事呀。」

「還說不知道。才來一通，說要五角。」

「是什麼人發的電報？」

「我怎麼知道？給我拒收了。根本也不是發給我公司的，是給你私人的！別以為我鈔票是撿來的，我不是聖誕老人。」

「哪家電報公司？」

「西聯。」

「多久前的事？」

「二十分鐘吧。退回總局了。」

我說：「好。」就掛上電話。我開車到西聯電信總局，等了五、六分鐘才查取到那封電報。我付清五角欠款。電報來自橡景。電文說：

「你查問的人已返本鎮，用原名宿旅社中。該有獎。麗恩。」

我在電文上用筆寫上：「白莎，案已結。我現在去橡景，住皇家大旅社。請通知客戶。」

我自口袋中拿出一張信封，封面上已寫好偵探社地址和白莎的名字，把電報連我寫的字一起封進信封，交郵專送。我為了沿途可以送報告回社，所以貼好郵票有地址的信封是經常帶在身上的。把專送郵件交出，自己立即北行——心裡一路嘀咕這位林吉梅太太，全國都在找她，她自己又失蹤了二十一年，為什麼會突然回到橡景，在皇家旅社以原名登記住進去。我不知道是否我所登的報紙發生了效用。果真如此的話，那她隱居的地方一定離橡景不遠。有意思！

第三章　重返小鎮的女主角

我半路選了一家汽車旅館闔了幾小時的眼。星期二清晨我已經在旅社餐廳裡用早餐了。早餐很爛，喝完最後一口溫吞吞的咖啡，我走進大廳。

櫃檯職員說：「喔，賴先生。你的行李在這裡櫃檯後面。我們沒見你回來，又沒有交待就走了。我們——實在還在替你耽心。」

「沒什麼好耽心的呀，我現在付你錢，等一下來拿行李。」

付錢給他的時候，他看了我眼睛一下，「碰到意外了？」他問。

「不是，我夢遊走進了圓的調車庫，一個火車頭撞了我一傢伙。」

他說：「喔！」把找的零錢交給我。

「林太太起來了沒有？」我問。

「好像還沒有，至少她還沒有下來。」

我謝了他，走上大街來到舌鋒報館。鄧麗恩自隔間出來，她說：「哈囉，你來了……眼睛怎麼啦？」

我說：「被自己腳趾踢到了。很想給你弄二十五元，還沒肯定。她來幹什麼？」

「顯然只是回來看看老朋友。記住，是我通知你的。」

「那麼許多年不見，回來只是看看老朋友。在旅館裡？」

「就是呀。」

「她看來什麼樣子？」

「當然，年齡不饒人。潘太太是她以前一個好朋友的媽媽，說她變得不像了。頭髮白太多了，也肥太多了。潘太太說自從林醫生走後，她生活得不愜意。」

「也快二十一年了。」我說。

「的確，是段長時間——尤其是過得不順利的女人。」

我說：「有些奇怪——但是在這時候，你為什麼要提醒我這一點呢？」

「因為，希望不被人過橋拆橋。」

「什麼人過橋拆橋？」

「你呀。」

「我不明白。」

她有感地說：「別裝傻，唐諾。林太太是過氣人物了。很多人突然對她發生興趣。假如你不說老實話，我也不再幫人忙了。」

我說：「還有多少你知道的？」

她說：「要看情況。唐諾，你眼睛怎樣了？」

「我見到了某甲。」我說。

「某甲？」

「是呀，你知道的，你的男朋友。對於我帶你出去吃晚飯，他還生過氣來著的。」

「喔！」她說，眼皮垂了下來，口角露出笑容來。「是不是他妒忌你了？」

「非常妒忌。」

「是你先揍他的嘴巴。」

「第一下確是他先動手的。」

「最後一下誰出的手？」她問。

「第一下就足夠了。」我說：「第一下也就是最後一下。」

「有空我要和某甲談一下。」她說：「某甲的手沒有受傷吧？」

「最多因為太用力，手短了兩吋，除此之外一切沒問題。我要問你的事怎麼樣了。」

「你想要知道什麼？」

「當地警力。」我說：「你們有沒有一位警察大概六呎高，四十歲左右，約二百二十磅重，黑頭髮，灰眼珠，下巴有條凹痕，右頰有顆黑痣。健如駱駝，固執如騾子。他不會正好就是某甲吧？」

「這裡沒有這樣個人。」她說：「我們這裡警察平均年齡不會小過六十或六十五。

他們都有政治家撐腰。他們嚼菸草。主要工作是多抓過境旅客開快車的，以賺出自己的工資。把你眼睛打黑的是警察嗎？」

「弄不清楚。請你們登的廣告能取消嗎？」

「太晚了。不過也來了些信。」

她拿出用粗繩紮住的幾封信。

我說：「好傢伙。鎮裡每個人都在給我寫信嗎？」

「這裡不過三十七封信。」她說：「算不了什麼。舌鋒廣告有效力。」

我說：「我需要一個秘書，條件嘛——二十二到二十三歲。棕色眼珠褐髮。要肯笑，笑起來不用唇角笑，要開懷歡樂地笑。」

她說：「當然，一定要忠於僱主，是嗎？」

「當然，當然。」

「我不認識合乎你條件，又肯替你工作的任何人。不過我會記在心中。唐諾，這次你會在這裡多久？」

「這要看某甲高興。」我說：「你能給我一個兩小時的工作嗎？」

「做什麼？」

「代表舌鋒報。」

她說：「我們也有條件，想做舌鋒代表的要二十六或二十七歲。至少五呎五，黑色鬈髮，眼睛要雪亮——當然是黑眼珠。當然也要忠心，只為報紙，不為自己。」

我說：「你和報館老闆有親戚關係，是嗎？」

「沒錯。他是我叔叔。」

「請你告訴他，你替他請了一個特約記者。」我說，一面走向大門去。

「唐諾，不要給我們弄出官司來。」

「不會的。」

「你想去見林太太，是嗎？」

「正是。」

「你想用舌鋒報記者名義去接近她，是嗎？」

「正是。」

她說：「這樣會弄出副作用來的，叔叔不會喜歡的。」

「這樣不太好吧，我會把你叔叔看成和某甲一樣，是本地的敵人。」

「你不要這些信了嗎？」她問。

「暫時不要了。」我說：「等一下還要回來。我問的那個人不會是這裡的副警長之流吧？」

「不會。他們帶寬邊帽，一個個很正點的。」

「我說的這個人是見過世面的。」我準備出大門。

她趕上兩步道：「你能算我一份，我就做你秘書。」

我說：「我不能算你一份。我告訴過你，我問過別人，不行。」

我看到她眼中現出滿意我的回答，幾乎是有點放心下來的樣子。「好吧，」她說：「別說我沒有考慮過這職位。」

我點點頭，把門自身後帶上。

回到旅社。林太太仍未在大廳出現過。職員說可以試用電話聯絡。旅社對於自己的電話系統相當自豪的。事實上旅社最近才徹底現代化裝修過。大廳中裝有內線電話，接線生把我接到林太太房間。

林太太的聲音聽來冷冷的，十分小心。她說：「哈囉。」

「我是賴先生。」我說：「舌鋒報的。想專訪你一下。」

「有關什麼事？」

「好久不見橡景，這次回來有什麼感想。」我說。

「不會問到——不會問到我私人事件吧？」

「絕對不會——我馬上上來。當然希望你能先同意。」

她在躊躇，我一下把電話掛斷，向樓梯走去。她站在自己房門口在等我。

她相當重。頭髮全白了。眼珠是黑的，眼光是冷靜的。臉上皮膚下垂的地方很多。神情相當的警覺。別人看來她像久久完全靠自力在生活。所有面對的人她都要仔細應對。

「你就是打電話上來的人？」她問。

「是的。」

「姓什麼？」

「賴。」

「你替一家報館做事？」

「是的，這裡只有一家報紙。」

「你說叫什麼報名來著？」

「舌鋒報。」

「喔，沒錯。但是我不想被人專訪。」

「這一點我瞭解，林太太。你當然不希望報紙來公開你的私生活問題。不過，我們要問的是自從你離開這裡那麼許多年，在你看來這裡的改變。」

「嗯，二十一年了。」

「橡景在你看來現在是什麼樣一個城市？」

「土得很——想想看我竟在這裡生活過！要是我能回到當初我浪費在這裡的寶貴時間。要是我能——」她突然止住，向我尷尬地表示一下，她說：「看來不能這樣隨便開黃腔。」

「說的也是事實。」

「不錯，也是事實。你希望我說些什麼？」

「像是這個鎮仍有她自己獨特的優點。別的城市進步雖然比較快，但是在變化過程中迷失了自己獨特的個性。橡景的迷人之處，本來也在她的獨特個性。」

她用半閉的眼端詳著我。

「我想你是知道我心中怎麼想的。」她說：「坐到這裡來，這裡亮一點，我可以看到你。」

我坐過去。

她說：「做記者，看來你年輕了一些。」

「沒有錯。」

「我看不太清楚。這家旅社該得服務最差金像獎。我進城不到十五分鐘，旅社僕役就把我近視眼鏡打破了。他把行李箱一下碰上我眼鏡，眼鏡砸成粉碎。」

我說：「真糟糕。你只帶這一付？」

「我也只有一付。不過我已經要求再配一付了，應該不久就可以寄到的。」

「從哪裡寄來？」我問。

她把眼皮抬起，看向我道：「當然是我的眼科專家。」

「舊金山？」

她確定地回答：「我的眼科專家會給我郵寄。」

我說：「如此說來，你對本鎮已經有心裡的想法了。」

「完全正確！」

「當然這裡也不會和你離開的時候完全一樣。想當初應該沒有這樣大吧？」

「現在看起來也不過像望遠鏡倒過來看一樣。你說說看，這種城市怎麼留得住人。」

「氣候。」我說：「當初對我也不怎麼合適，我離開了一陣子，現在回來，覺得氣候好極了。」

她迷糊了。「當初為什麼不合適？」

「很多種原因。」

「你看來天生弱一點，但是不像有健康問題呀。」

「我有問題。我認為你老用出國的眼光來看我們這個小城市。當初你住這裡時，你是這裡的一部分。現在你老出國就成為世界級的公民了。林太太，告訴我，橡景比起倫敦來如何？」

她立即反應地說：「當然小太多太多了。」過了一陣，她問：「你怎麼知道我去過倫敦？」

我做出尷尬的笑容，突然又想起不戴近視眼鏡的她可能什麼也看不到。「看你的派頭，」我說：「你有那種世界大都市都到過的氣質。你已經不能算是橡景人了。」

「本來也不再希望做橡景人。這裡是我傷心地。」

我拿出一本記事本，認真地記起來。

「這是幹什麼？」她疑心地問。

「只是記下你說這城市不足留戀，但仍保有格調。」

她說：「是你把話塞在我嘴裡的。」

「記者都這樣的。你和林醫生尚有聯絡嗎？」

「但願尚有聯絡。聽說他在什麼地方大賺其鈔票。當初匆匆分開，現在他應該付出一些了。」

「如此說來，你還是始終知道他在哪裡的？」

「不知道。」

我同情地說：「林太太，這件事對你來說一定不太公平。夠你受的。」

「這是實話。這件事破壞了我的一生。我自己也太任性了。其實我愛他比我自己知道的更深。當我知道他對我不貞，我生氣萬分。想想看，他就把她放在我的屋子裡！」

「據我知道他把全部財產給你，自己是掃地出門的。」

「那只是敷衍一下。你總不可以傷了女人的心，毀了她一輩子，拋給她兩塊糖就沒事了。」

「沒錯，我同意你的看法。照我瞭解這件離婚訴訟至今還沒有撤銷。」

「撤銷了。」她說。

「撤銷了？」我問。

「是的。你想我為什麼回到橡景來？」

「來看老朋友的。」

「這裡我已經沒有朋友。曾經是朋友的也都搬走了。看來每個有關的人都搬走了。這裡到底發生什麼事了，瘟疫？」

「倒不是，只是風水輪流轉，轉到了背運。」我說：「鐵路改了道，還有一些其他的零星事。」

「嘿。」

「照我看來——既然你把離婚訴訟撤銷了，你還是不折不扣的林太太。」

「我當然是。」

「而你在離開他之後，二十一年了，不知道他在哪裡？」

「我——喔！我記得你說過的，我們不討論我的私事。」

「決不發表——」我說：「我只是想知道一些你的背景。」

「你可以不必關心我的背景。」

「這種題材應該用大眾關心的角度來處理，」我說：「例如離婚之害等等。你和林醫生在這裡已經建立社交地位。你有不少朋友，然後晴天霹靂，這種事降到你身上。你所面對的是要重新改變生活環境。」

她說：「我很高興你肯從我的立場來看這件事。」

「我希望其他人也能像我一樣。我能再多知道一些，就更能使這故事真實化。」

「我說過，你很會把話塞到別人嘴裡叫別人講出來。」她說：「我不會講話。你在替我講話。」

「如此說來，我被授權用你的口氣來寫故事啦？」

「是──也可能不可以。想一想還是要對你說不可以。我認為對這件事，你什麼都不提最好。你可以說訴訟被撤銷了。如此而已，到此為止。我不希望你再弄一篇文章來使這些三姑六婆又興奮起來，有題材可以嗑嘴唇皮子了。」

「你沒有什麼醜聞呀，一切都是林醫生的。」

「我想我自己也笨。假如我學多一點，我會看緊自己先生，即使發生這種事，我做我的林太太，別人也沒轍。」

「你是說繼續在橡景住？」

她大聲說：「老天，絕對不是！這個地方就是『土』死了，現在還保有『土』的特性。喜歡『土』的人倒是好地方。」

「也許這些年來你旅行了，所以看出這裡『土』了。也許橡景沒有變，是你變了。」

「有可能。」

「林太太，現在你定居在哪裡？」

「這個旅社裡。」

「我是說你的永久地址？」

「你要登在報上嗎？」

「有何不可？」

她笑出聲道：「我如果告訴你，才是痴人夢想吶。不行，橡景要拜拜了。橡景對我是傷心地，我要和她永遠拜拜了。」

「我一直想你希望離婚的事早日成功，你可以完全自由。」

「我不要自由。」

「容我問一聲為什麼呢？」

「不關你事。為什麼我不能回到這裡來辦一些私事？又為什麼一定要忍受你們記者東問西問呢？」

「這裡的人對你好奇心依然很重。很多人對這件當年大事，希望知道結局到底是如何。」

「哪些人？」

「很多人。」

「能不能指出一兩個來聽聽？」

「很多我們舌鋒報的忠實讀者。」我說。

「我不相信。他們不會想起搬出這裡四分之一世紀的人。」

「最近你有沒有和人談起過這件離婚案子？」

「談起過又如何？」

「我只是隨便問問。」

「年輕人，你想知道的太多了。」她說：「你答應過我不過問私人事件的。」

我說：「你給我們什麼，我就寫什麼，林太太。」

她說：「我什麼都不給你。」

「老實說，知道這件事的人都認為，像你——對不起，林太太——一個像你這樣有魅力的女人，一定會在離開這裡後，遇到一個合適的男人，另外又結了婚了。對不對？」

「誰說我又結了婚了？」她反對地說，雙目圓圓地發光。

「只是以為而已。」

「最好橡景的人少來管別人閒事，自掃門前雪。」

「當然，大家更有興趣的是那林醫生和女護士又到哪裡去了？」

「他們去哪裡了，更不關我事了。我自己要管自己生活還來不及呢。」

「但是你撤銷這件離婚訴訟，等於沒有發生想離婚這件事了。於是你仍是林醫生合法的太太了。你仍是林太太──除非在雷諾、墨西哥或別的地方有離過婚──」

「沒有。」

「這一點你確定？」

「我的事我當然知道。當然可以確定。」

「但是他有沒有呢？」

「他有沒有跟我身分沒有關係。離婚案是在橡景懸案未決的。橡景法院對本案有全部的管轄權。在橡景法院判決或是當事人撤銷前，任何其他法院的判令一毛錢不值。」

「這些是你律師教你的嗎？」

她說：「賴先生，有關這件事，已經超過我們該討論的限度了。我無意於公佈我的私事。你想知道我對橡景的看法，我已經說了。我還沒有吃早飯。因為眼鏡破了，我有點頭痛，那個僕役實在可惡！」

她站起來，走到門口，把門打開。「你不會登任何林醫生的消息吧？」

「撤銷離婚訴訟的行動，在法院是有登記的。」

「又怎麼樣？」

「那是新聞。」

「好，就登這新聞好了。」

「你回來橡景是新聞。」

「這也可以登。」

「你說的是新聞。」

「我什麼也沒有說。是你在說，我連反駁的機會也沒有。我說的，我都不希望你登。賴先生，再見了。」

我慇勤地向她鞠躬。「林太太，謝謝你接受我的訪問。」

我走上走道，她把門在我身後關上。

我走回舌鋒報報館。

「你們報館有沒有人專門重寫新聞稿的？」

「當然，賴大先生，」她說：「那是專為王牌記者用的。」

「人在哪裡？」

「就在那邊角上，阿三，王阿三。」

我說：「我才自林太太那邊得來一個獨家專訪，談話內容非常有興趣，登出來的話她會拒絕承認，甚至告這家報館。我們登不登？」

「不登。」她想都不想地回答。

「故事會精采萬分，你們的讀者會喝采的。」

「會增加新的訂戶嗎？」她問。

「絕對。」

「新訂戶自何而來？」

「你怎麼會這樣悲觀呢，沒有信心嗎？」

她笑了。「賴先生，我們報紙業務陷入困境，一無進展。我叔叔是個老古板，當然他絕不喜歡和人打官司。」

「他叫你和我一起出去吃飯以便得到一些新聞，不是嗎？」我說：「這樣說來，他還是在鑽新聞的。」

她說：「謝謝你又提起那件事。你採訪到的實況如何？」

「不行。」我說：「你的叔叔要登出來，我就告他。」

「告訴我，滿足一下我的好奇如何？」

「我知道你。」我說：「一旦我把故事內容告訴你，你就收線不管我了。我寧可被你用線牽著。我要看你教我如何點菜的樣子。」

她說：「得不到消息，我叔叔就不會同意我再跟你出去玩的。」

「有些可能。」我承認：「我會再想點辦法出來。」

「戴愛蓮那個箱子你進行得如何了？」她突然問。

我說：「等一等，一次我們談一件事。戴愛蓮的箱子又和這件事有什麼關係？」

她說：「我辦不下去的就只好交給你來辦。你活動範圍大。我們追查了勞彌勒。也追查了戴愛蓮，發現他們所填地址都是偽造的。我們無法再追下去。自然，我們也一再研究你在這裡做了些什麼。」

「我做了些什麼？」我問。

「你仔細問了箱子的來龍去脈。」

「又如何？」

「於是我們也給鐵路管理局去了信。今天早上我收到回信。確是已經有人申請賠償，不過不是戴愛蓮，而是哈愛蓮。」

「你有她的地址嗎？」

「有。鐵路局對沿路地方報相當優待的。」

「你要去見她嗎？」

「你呢？」

「不一定。」

「她會說什麼？」

我搖搖頭。

她注視我半晌，無可奈何地說：「你也真會玩，只收進不付出。」

我說：「抱歉，麗恩，你希望合作，互換資料。我卻不能這樣辦。你在報館工作，你要內幕獨家消息，我要的不一樣。公佈了對我這一行有害無益。」

她用鉛筆在她桌前拍紙簿上亂劃沒有意義的圖畫。過了一下，她說：「也好，我們彼此弄清楚了。」

「你叔叔在嗎？」我問。

「不在，釣魚去了。」

「什麼時候去的？」

「昨天早上。」

「那麼他不知道這件大新聞。」

「什麼新聞？」

「林太太的回來。」

「喔，」她說：「走前他知道的。她來的時候他還沒有出發。」

「他肯讓你一個人面對這種大新聞出報紙？」

她又畫了很多無意義的圖案，說道：「唐諾，自新聞觀點說來。這件不是大事。這裡已經沒有太多人關心林太太。那是歷史，絕大多數認識她的人已離鎮而去。當時大家在賺錢，賺不到錢就一個個走了。」

「這個鎮到底怎麼了？」我問。

她說：「連底都漏了，鐵路遷移了。地下礦炸到了地下水，礦工淹死了不少，現在還挖不出屍體來。連續的不順利，鎮運下降，人口也快速下降。」

「你叔叔始終在這裡？」

「是的。他的腳長了根的，死活都在橡景。」

「你呢？」

她的眼睛冒出痛恨，她說：「我要有辦法甩掉這裡的話，我一分鐘也不想多待。」她指向一個小隔間說：「走得快到你不能相信，我的帽子、大衣都在這裡面。你只要告訴我到大都市我不會餓死，我會連帽子、大衣都不要了。立即走。」

「既然你的想法那樣強烈，你為什麼不早點去大都市闖闖看？」

「早晚都一樣，總是要去的。」

「某甲會怎麼想？」

「別老提某甲。」她說。

「你的某甲不會是個大個子，下巴上有條裂縫的吧？」

她恨恨地猛劃幾筆。「我不喜歡你老油腔滑調。」她說。

「我沒油腔滑調。我在問問題。」

她把鉛筆放下，抬頭看我。「賴唐諾，你在兜圈子。」她說：「你不是在逗我。

你聰明，能幹，小心。我看得出有件大事，如果我能知道全貌，我極可能利用它而能到大都市去。事實上，我也等很久才有這機會。」

「這樣說法的話，」我說：「我能做的也最多是禱告一下。」

「禱告？」她問。

「禱告你不要出事。」我說，開始走向大門。

我感到背後的她，站在櫃檯旁，看向我，又惱又恨，但我也沒回頭。

我走回旅社。職員說有過長途電話找我。我回自己房間，用電話和柯白莎聯絡。

「唐諾，親愛的。」她裝出最甜蜜的聲音對我說：「你以後千萬別再如此做。」

「做什麼？」我問。

「走出去就和白莎脫了線。」

「我有工作在做。」我說：「我走出去是在辦公。事實上差一點誤了大事。今後不論電話、電報、要我們付錢進來的，你都該付錢收下來，扣我薪水好了。」

「可以，可以，唐諾。」她說：「白莎這幾天心境不好。不知那條筋不對，心裡煩。」

我問：「你給我長途電話，是要告訴我你心煩的？」

「不是，親愛的。我想告訴你，你是對的。」

「對什麼？」

「林醫生的事。我從醫師公會著手調查。花了不少勁，不過我查出來了。」

「查到什麼？」我問。

「在一九一九年，」她說：「林醫生填張申請表改自己的名字為蒙查禮。於是他們改發了他證書，現在在聖卡洛塔開業——耳鼻喉科。」

「那很好。只是你還沒有告訴我，你打電話給我的原因。」

她用糖衣包住了她每一個字。「唐諾，白莎要你幫忙。」

「發生什麼事了？」我問。

她說：「說起來也都是你不好。」

「什麼事？」

「我們的客戶不要我們了。」

「什麼意思？」

「王先生給我一封掛號信。他說他給我們的任務是要找林太太，不可以打擾林醫生。他認為我們未依指示行事，所以他叫我們一切調查工作到此為止。」

她等了一下，聽到我無言以對，她說：「唐諾，你還在聽嗎？」

「是的，」我說：「我在想。」

白莎叫道：「老天，不要掛了長途電話來想！好嗎？」

「我明天一定會回來見你的，」我說。把電話掛上，聽到那邊白莎還想再說話。

我坐在房裡一個人想了抽兩支菸的時間，然後我拿起電話說道：「給我接林太太的房間。」

櫃檯說：「對不起，賴先生，林太太退房了。她收到一封電報，說是立刻要走。」

「有沒有留下要去什麼地址？」

「沒有。」

「她怎麼走的，火車嗎？」

「沒有，她包了一部汽車——說是要到最近機場去包一架飛機。」

我說：「別走開，我現在下來，要和你談一談。」

我把自己的東西拋進旅行包去，下樓到大廳。我說：「我也必須要走了——緊急公事。請給我結帳。聽說林太太要求再訂做過一付眼鏡？」

「有，」職員說：「非常意外的事。旅館答應她負責一切損失。不過我看這實在不是我們的錯。」

「眼鏡到的時候，」我說：「請你轉到這個地址給我。」

我把地址寫在一張卡片上給他。「眼鏡可能是貨到收現的，」我說：「也可能是先已付款了。不管怎麼樣，轉給我好了。假如是貨到收現的，轉給我來付款，旅館就可以不必負責了。我是林太太親戚，我是她姪子——不過你千萬別洩漏出去——她很敏感，她以前一直是住在本地的。有過一次離婚。我來付眼鏡錢。」

「是的，賴先生。你太好了。」

我把行李裝進公司車，打道去聖卡洛塔。

第四章　王先生的真實身分

上午九點零五分正，我走進蒙查禮醫生的診所。一個晚娘面孔的護士有效地記下我姓名，地址和職業。我告訴她我開車旅行太多，我眼睛有毛病。我戴進去的黑眼鏡更加強我的說詞。我給她的姓名地址都是假的，我告訴她我要立即見蒙醫生。

她說：「請等一下。」獨自走進另一扇門，顯然林醫生的辦公室在裡面。幾分鐘後她冒個頭出來說道：「請進來。蒙醫生現在見你。」

我跟她進去。蒙醫生辦公室很華麗，他坐在一張高貴實用的桌子後面。

他抬頭看我。他是我們的僱主——王先生。

這次他沒有帶黑眼鏡，他的眼睛看來和臉的其他部分十分相配，熱誠，鋒利，是灰色眼珠。他說：「早安，有什麼不舒服？」

護士仍在房間裡。我用低低的聲音說：「這一陣子我眼睛一直不舒服。我夜車開太多了。」

「這種墨鏡從什麼地方買來的？」他問。

我說：「路邊攤隨便挑的便宜貨。我晚上開車，白天太陽照得我吃不消。」

「太隨便了，」他說：「整夜開車不好。你還年輕，有一天你就知道了。眼睛受不了這樣糟蹋。跟我來檢查一下。」

我跟他到另一間檢查室。護士指導我坐上一隻凳子。蒙醫生向她點點頭，她走出去。

他轉過一個像照相機鏡頭帶光的機器向我。他說：「下巴固定在托子上，眼睛看著光源。眼睛不要動。」

他自己也在對面坐定。我把眼鏡拿掉。他忙轉動機器。光線很亮對準我眼睛。他說：「我們先來看你的左眼。」他把光線集中過來。又照樣看了我的右眼。他在手中握著的病歷上做了記錄，他說：「是有一些受刺激的現象，不過沒有嚴重的病變。我認為你的眼睛不該有問題呀。也許暫時性的肌肉疲勞。你的右眼有烏青，即使如此，眼睛是好的。」

他把儀器向側面一推，他說：「看來我們也不需要——」

他第一次真正看到我的臉。他停在那裡，下巴鬆了下來。

我說：「醫生，你的太太昨天在橡景。」

他坐在那裡看向我，足足有十秒鐘之久，然後他鎮靜，一個一個字正確地說：「喔，賴先生。我應該早點看出來是你這個詭計多端的人。你——我們去我私人辦公室談吧。」

我站起來，跟他來到他私人辦公室。他把門關上鎖上。「我是自找無趣的。」他說。

我坐下來等他繼續。

他神經地在室內走動。過了一下，他停下來說：「要多少？」

「什麼東西多少？」我問。

「你知道。」他說：「要多少錢？」

「你是指已完成的服務？」

「不論你用什麼名稱來說它。」他生氣地說。「只要告訴我你要多少。我早就該知道有這種結果。我聽說私家偵探在有機會的時候都會敲詐自己僱主的。」

「那你一定聽錯了。」我說：「我們對我們僱主忠心耿耿——假如僱主給我們機會的話。」

「亂講。我知道情況。你沒理由到這裡來和我聯絡。我清清楚楚告訴你叫你要找林太太，別去找林醫生。」

「你並沒有像現在那樣一字一字明白指示。醫生。」

「反正你我都明白了就行。好吧，現在你找到我了。我們廢話少說。你要多少？」

他繞過到桌子的另一側，坐下來。雙眼注視著我。

「你早該對我們一切說真話的。」

「嘿！我早該知道你會對我來這一手的。」

我說：「你先聽我說。你要我們找林太太。我們找到了她。我們完全是不勞而獲的。我們要通知你。你給我們停止工作的指示。你當然有權終止，隨時叫停。不過，我要告訴你，你是僱主，我們理應給你工作報告。」

「我解僱你們。」他像是頗有感觸地說：「因為你們涉及了我的隱私。」

「你是說醫師公會改名字這件事？」

「是的。」

我說：「好吧。這件事已經做了，我們也找到你了。你我都在這裡，我們應該冷靜地談一下。」

「這本來也是我希望的。不過，小兄弟，我——」

「算了。我來說好了。另外有兩個人到過橡景去找你太太。一個是男人，叫做勞彌勒。這個人背景我一點也查不出來。另一位在三週前，是個叫哈愛蓮的，她用戴愛蓮的名字去橡景；她是城裡藍洞夜總會的女侍應生。我去過那藍洞，這些女孩子唱一兩個歌，穿得很少很少跳一兩個舞，伴客人喝酒，自己喝茶抽佣金，找機會和客人出場。」

「我找過哈愛蓮。你有興趣的話，我有她地址。我用鐵路公司人員名義去找她。她去橡景時一隻衣箱破損了。她相信我了。我強迫她一定要知道她先生在哪，她又為什麼用假名去橡景。她說她是去調查一個女人的，託她的人是她自己丈夫。現在我請問，你為什麼沒有給我們明言？」

他臉上出現驚奇。「那個女人的丈夫？」

我點點頭。

「這個女人是已婚的？」他問。

「丈夫就是你。」

「不，不，一定另外有人。」

「沒有。林太太在橡景出現，請了一個律師，她撤回離婚訴訟，原因是原告不告了。我和她聊過——」

「你和她談話了？」他插嘴道。

我點點頭。

「她看來怎麼樣？」他問：「她還好嗎？」

「歲月不饒人，」我說：「我看她和你同年？」

「比我大三歲。」

「好吧，她就看來比你大三歲。她一定增加了不少重量。她頭髮是銀灰的，其他看來尚不錯。」

他緊緊抿了抿唇。過了一下，他說：「她現在在哪？」

「不知道，她離開橡景了。」

他眼睛現出怒火。「你為什麼不跟蹤她？」他問。

我把責任向他一推，我說：「因為柯白莎說我們被炒魷魚了。」

「老天，那正是我希望知道的事。我要知道她在哪裡。我要知道她在幹什麼！過去做了些什麼？她結婚了沒有？我要知道她的一切。而你讓她在你前面溜走！」

「因為我們被解僱了，開除了。」我耐心地向他指出來。「我認為你有什麼原因不要我們去追她了，所以我就到聖卡洛塔來向你報告實況。」

他把椅子退後，又在辦公室不安地踱起方步來。突然，他轉向我道：「我一定要找到她。」

「我們公司隨時為你服務。」

「沒錯，沒錯，我要你找到她。快去，別坐在這裡浪費時間。」

我說：「好的，醫生。下一次我們剛有成就，不要突然開除我們。事實上這種事你做不來。而你把這件事交給我們，要不是你有點不坦白，否則四十八小時就一切解決了。也不需另加費用。但是，現在我們又只好從頭再來過了。」

「唐諾。」他說：「我能信任你嗎？」

「看不出有什麼不能信任的地方。」

「你不會反過來咬我一口？」

我聳聳肩道：「我來這裡，目的不在敲詐，不是最好例子嗎？」

「是的，」他說：「沒錯。我要抱歉。我鄭重道歉。我向你道歉，請你也告訴柯太太我的歉意。」

「可以，你是要我們立即回到原位去工作？」

「立即回去工作。」他說：「等一下，我要你說的那位我僱她去工作的年輕女人的地址。真是奇怪，我從來沒聽見過有這種事。」

我把哈愛蓮住家地址給了他。

「你快去工作吧。」他說。

我說：「可以，醫生。報告寄這裡嗎？」

「不行，不行。報告像以前我指示柯太太的一樣。給王先生，用我以前給她的地址。不論什麼情況，不能告訴任何人我在哪裡或我是什麼人。否則——後果不堪設想。」

「我會瞭解的。」

「快點出城。不要在這城裡亂逛。不要在我診所門口逗留。」

我說：「好的。我們這一方會全力替你隱藏。你對報告獲得那一方要小心。」

「這不會有問題。處理好了的。」他說。

「你對哈愛蓮真一無所知？」

「老天！完全無概念。」

「好吧。」我說：「這將是一件大工作。我們又要從一無所有再開始了。」

「這一點我瞭解。這都是我不好。不過這些年來我一直在擔心。擔心有人會自公會登記查到我的真名。你真聰明——聰明得有點可怕。」

「另外有件事，」我說：「什麼人會因為我現在在做的事，把我猛揍一頓呢？」

「什麼意思？」

「有個六呎高的男人，」我說：「二百磅以上，肌肉型，深色頭髮，灰眼珠，應該快到四十或四十出頭年齡，左額有顆痣，拳頭重得出奇。」

蒙醫生搖頭道。「我不記得見過這樣的人。」我注意他說話的時候沒敢正面對著我講。

「他在旅館我的房間中等我。」我說：「他對我十分熟悉。他把我公司車占為己有，可以開到旅社的後門。」

「他要幹什麼？」

「要把我趕出橡景去。」

「你怎麼辦？」

「做了件錯事——大聲叫警察。」

「發生什麼了？」

「醒來的時候已經被趕出橡景了。」

他的唇角牽了一牽。下巴動了兩下未能說一句話來。「一……一定是誤會什麼了。」他說。

「誤會的一方是我。」我說。

「你絕對不可以讓任何人知道你在做什麼工作，你為什麼人在工作。」他說：「這一點十分重要。」

「可以，」我說。「我只是順口問問。」

我離開他時，他的眼中充滿懼怕。診所護士好奇地看向我。我打賭她不是果薇安，當然她從未在任何離婚案中被列為過是共同被告。

我早該用早餐但是被耽誤掉了。聖卡洛塔是濱海公路上的一個城市。旅遊業發展得不錯。市內有三家極好的旅館，一打以上普通的旅館和很多旅遊的旅館。這裡的餐廳都很好。我隨便選上一家。

靠街的窗上有張海報。蒙醫生的照片在海報上。照片中的他年輕十歲，自海報上望向街上。我站在街上，看海報上印的字眼。

「請選蒙查禮醫生為市長。洗清聖卡洛塔。把腐舊掃出本市。聖卡洛塔重建委員會。」

我走進去，找到一個座位，靠在椅背上享受一杯真正的橙汁、葡萄柚、蒸蛋、脆脆的烤麵包。

喝過咖啡，侍者在我抽菸的時候問我要不要今天的報紙。我點點頭。過了一下他回來抱歉地說所有大報都有人在看，問我要不要看一張地方的《論壇報》。

我謝了他，接過他遞給我的報紙。

刊頭很漂亮。頭條新聞靠發達的資訊安排很合宜。我隨手翻翻翻到了社論，引起我的主意。

論壇報的社論如下：

「『鋒面報』有意污衊候選人蒙查禮的行為，可能正是眼睛雪亮、正直無偏的本市選民看出有人懼怕蒙醫生會當選的證明。

「祈求生活品質能日益更好的市民，早就已經看出，賭、騙、敲詐、地上惡勢力的形成，都有較高政治地位的人在幕後撐腰。我們雖然不敢直接指名道姓，但是聖卡洛塔的選民會知道何種是不道德、不真實的『抹黑方法』。我們也預言，今後『抹黑』行動將越演越烈。將來更惡劣的譭謗、中傷都會指向蒙醫生。對手也絕不敢依蒙醫生所建議的，在公開場地公開辯論，發表政見。假如市府不需要新的主持人或新的警察局局長，現在執政的人為什麼不敢站出來大聲說我們聖卡洛塔已經很健康了，不必換人了，繼續選現任的人吧、但是他們不敢，他們躲在殼裡，只敢用小手段譭謗別的候選人。我們也預測，除非鋒面報公開在報上刊登收回昨日社論，否則就會惹上文字誹謗官司。鋒面報應該要知道。當政治宣傳阿諛或屈服的主編敗訴時，非但要付受害人的損失，連訴訟費都是要他負責的。

「我們論壇報知道，支持蒙醫生的大多是正當的商人。他們希望洗清本市的黑暗面，而且已經決定不再逆來順受，他們要主動，要反擊，尤其對昨天那種文字誹謗。

「當然，目前的當局最怕新的候選人提出尷尬的問題來使舊政治團體受窘。躲在後面『抹黑』新的候選人要容易得多。其實不然，每一位明事的選民這次都有了準備，他們要打倒腐敗的舊政團。

「選舉再十天即將進行。政敵的『抹黑』不是已開始了嗎？」

女侍又給我咖啡續了杯，我一面想，一面用兩支香菸抽抽飲飲喝了第二杯咖啡。付帳的時候我對她說：「市政府在哪裡？」

「向前直走四條街，向右一條街。你會見到的，是個新建築。」

我開車下去。確是個新建築沒錯。不知是不是心理作用，我覺得它單薄了一點。市府建築應該是留給後世的千年大計，這一座有點像臨時違建。

我找到「警察局長」辦公室，自己走了進去。接待室中一位小姐在打字。有另外兩個人在等候。

我湊過去對秘書小姐說：「有關人事方面，這個辦公室什麼人能幫助我？」

「你要做什麼？」

「我要對一個警察提出申訴，」我說：「我不知道他號碼，但是我形容得出來。」

她酸溜溜地說。「白警長可不會受理你這種申訴。」

「這點我知道，」我說：「所以我才問他的秘書。」

她想了一想。說道：「魏警官在當班。他會告訴你該怎麼辦，向那裡去辦。走道下第二個辦公室去找他。」

我謝了她，正要前往，看到一側壁上掛著一張長長的鏡框框著的團體照片。照片是新大廈落成時所有警察橫列在大門前的紀念照。我匆匆一瞄，就走出房間去。

魏警官的辦公室外也有這樣一張照片。我問一位在他辦公室外等候的警察：「什麼人照的相片？」

「一個姓葛的本市照相師。」他說。

「照得不錯。」

「嗯哼。」

我走向前仔細瞧看，把我的手指指向倒數第五個人。「喏，我看到雷比候也在這裡。」

「嗯？」

「雷比候呀，我在丹佛時和他常在一起。」

他走過來看看。「那不是什麼賴皮猴。」他說：「那是海約翰。他是便衣。」

我說：「他和我認識的一位真像。」

那位警察進去看魏警官。我拔腿就溜，爬上老爺公司車，我開離市區。

柯白莎正離開辦公室要去用午餐。看到我進來滿面笑容。「嗨！哈囉，唐諾。」她說：「你回來得正好，一起去吃飯。」

「不了，我早餐才用過兩個小時。」

「不，好人，今天公款吃飯。」

「抱歉，吃不下。」

「喔，反正一起去。我們該談一談。我要你試著去找到王先生。我收到他信後曾設法和他聯絡，他不在他給我的地址。那只是他的轉信點。那地方的人對他一無所知，也不肯告訴我他的真地址。」

「那很好。」我說。

她的眼睛瞪出來。「好個屁！」她說。「那個傢伙有問題。我從來沒見過別人那麼怕。他會給錢。他是聖誕老人，目前他卡住在煙囪裡。而我們的長襪子裡面倒空空如也。」

我說：「好吧，你這麼說，我就跟你去吃午飯。」

「這才像話，我們去『金格言』，我們在那裏邊吃邊聊。」

柯白莎和我一起向外走，我說：「嗨，愛茜。」一面把門打開讓白莎先走。卜愛茜點點頭，但是沒有看向我。她的兩手一字不錯地在接打字機的鍵盤。

在金格言餐廳裡，白莎問我在餐前要不要來點雞尾酒。我告訴她有這種需要。我說反正餐後我要回家好好睡個午睡。我告訴她我幾乎開了一個晚上的車子，再說晚上我想應該再去一次藍洞。

她說：「不行，唐諾，不可以。你不可以去夜總會之流的地方。那種地方很花錢。白莎沒有錢給你在那種地方花。當然，除非王先生改變主意，他肯負責付這種冤枉錢。不是白莎小氣，我只收到有限的預付款，而你又需索太多。」

我等到我們各自喝了兩杯馬丁尼，點上一支菸，我說：「不要耽心。是王先生叫我們不必省錢，可以花的。」

白莎啪啪地眨了兩下眼皮。「說什麼？」

「王先生叫我們儘管去花。」

「唐諾，你這個小渾蛋。是不是已經找到王先生了？」

我點點頭。

「怎麼找到他的？」

我說：「王先生是蒙醫生，而蒙醫生是林醫生。」

柯白莎放下雞尾酒杯，她說：「嘿！他奶奶的。有點意思了。」

我怎麼也提不出興趣來把所知的一切告訴白莎。我連夜開車太多了。整夜坐在方向盤後面，對我的健康一點好處也沒有。我只是說：「而蒙醫生正在競選做聖卡洛塔市的市長。」

「政治？」白莎問，雙眼又露貪婪的神色。

「政治，」我說：「太多的政治。那個揍我一頓，把我攆出橡景的人叫做海約翰，是聖卡洛塔市警局的便衣警官。顯然是便衣刑警隊長。」

白莎說：「喔！喔！」

「一家報紙向蒙醫生抹污泥，另一家報紙支持蒙醫生，認為應該告他們文字誹謗。通常來說，誹謗的報紙會輸，但我看這一次打官司的話，被告相當有把握。他們會不斷挖掘醫生的缺點出來，甚至希望蒙醫生敢告他們。蒙醫生不反駁就等於默認。一旦提起告訴，報紙會一下子把所收集到的全部刊出來。蒙醫生知道這一點，他不敢告。他找到我們，希望知道林太太到底又結婚了沒有，或是離婚案是否成立了。」

白莎的表情有如貓在舔金絲雀的羽毛。「奶奶的。」聲音低，像是說給她自己聽的。「多麼好的一個機會！好人，我們該儘快工作了。」

「我已經開始了。」我說，把自己的背在座位上靠好，懶得再理她。

「快！」白莎說：「用一點你的腦筋，唐諾。替白莎想點辦法。」

我搖頭說：「我太累了。我不想用腦筋。我也不想講話。」

「吃點東西，你會好一點。」白莎說。

侍者過來，白莎要了大碗番茄奶油湯、豬腰餡餅、沙律、咖啡。另要一大碗打鬆的奶油放邊上配熱麵包捲和白脫油。她用頭向我這邊斜著指一下，告訴侍者道：「也給他一份一樣的。不吃東西怎麼能動腦筋。」

我用剩餘的力氣對侍者說：「我只要一壺咖啡，另加一客火腿三明治。」

「喔，不行，好人。」白莎說：「你需要些食物。你需要能量呀！」

我搖搖頭。

「要還有糖的食品，」白莎說：「糖是能量來源。老式的櫻桃油酥餅最合理想。唐諾，還要抹很多奶油，再加法國油點心，喔！太好——」

我又搖搖我的頭。白莎嘆口氣放棄其他建議：「好吧，隨他去好了。」她對侍者說。

侍者走開，我對白莎說：「千萬別再這樣。」

「那樣？」

「把我當成你帶出來吃飯的小孩。我知道自己要什麼。」

「但是唐諾，你吃得不夠多。骨頭上沒有肉。」

和她爭論是很花力氣的，所以我不再說話，坐在那裡只是抽菸。

白莎一面自己吃，一面看著我。她焦慮地說：「你看起來太蒼白了。你不會是有傷寒或什麼特別的病吧。」

我搖搖頭。

「我打賭，那瘧疾又來了。」她說。

我什麼也不說。鹹鹹的培根使我的胃部較為舒服。黑咖啡的味道很好，但是三明治的麵包我竟吃不完。

「我知道怎麼回事了。」白莎說：「你一定是在橡景吃了油膩膩的東西了。你把腸胃吃傷了。好人，唐諾，你想想看，假如我們當事人蒙醫生站在支持他的大眾前面，後退是不可能了，而對頭人物向他大肆攻擊。如果我們沒辦法，那我們回家吃老米飯算了。」

「一切已經開始了呀。」我說。

「我們一定要快速工作。這就是說要不分晝夜的工作。」

我本想說些什麼，但是我放棄了。

她說：「別這樣，唐諾。說出來，告訴我。」

我把壺中最後一滴咖啡都倒了出來。喝完杯子裡的咖啡，我說：「你想一想。林醫生和他的診所護士私奔。她可能就是現在的蒙太太，但是他們並沒有結過婚。假如結過婚，那是重婚。公開舉行儀式就犯刑事。說不定確有其事。你倒合計合計看。假如林太太死了，或是離婚成立了，蒙醫生就天不怕地不怕，安全了。他沒有重婚。那護士是合法太太。說不定他們尚有小孩。」

「但是如果林太太沒有離婚——她說她沒有離婚——假如她活著，只要她在選舉前夕出現在聖卡洛塔，指認蒙醫生就是她從未離婚的丈夫林醫生。聖卡洛塔上流婦女社會認可的蒙太太就變成醜聞案從犯果薇安。這兩人以夫婦之名住在一起——有點意思吧。」

「但是，」白莎說：「他們得要林太太肯去聖卡洛塔才行。」

「也許已經肯了。」我說：「你看，這一切顯得非常奇怪——她及時在橡景出現，突然對丈夫同情起來，把離婚訴訟撤銷，從此沒有離婚這件事。」

「好人。把一切詳細告訴我。」白莎要求道。

我搖頭道：「現在不要，我太累了。我要先回去睡一下。」

柯白莎把帶了首飾的手伸過桌面有力地握住我的手。「唐諾，好人，你的手太冷了。」她說：「你要小心自己身體喔。」

「我正在小心自己身體。」我說：「你付帳，我回去睡。」

白莎用母性的聲音說：「你這可憐的小渾蛋。你是太累了。別開車回去了，唐諾。你叫個計程——不，等一下。你認為蒙醫生會不會再給我們一些費用？」

「他說他會的。」

白莎說：「他說有個屁用。拿到手才是錢。這樣好了，你乘公共汽車回去。別再開公司車了。」

「沒關係的。」我說：「何況今晚我還要用車，我能開。」

我走出餐廳，把公司車開回自己租的宿舍，感到自己體力已透支到了極點。我爬上床，倒了一大口威士忌在嘴裡，就用威士忌漱口，喝下去，沒多久就睡得人事不知。

就在我正感到睡得很甜的時候，一件什麼非常固執的力量硬把我拉向清醒，我潛意識不去理會，但是沒能成功。時間停止在永恆，但是我抗拒不住回拉的力量。我夢到全裸的野蠻人圍著火在跳舞。耳邊有戰鼓聲。一切中止時我被遺忘在一側。木匠在釘一個斷頭台，我知道是為我而設的。所有木匠都是女人，穿著囚服，把釘子登登登地打成很奇怪的韻律，登登登，登登登，登登登。然後她們竟叫出來「唐諾，喔，唐諾。」

最後，我麻木的神智竟能分辨出這些聲音是有人在敲我的房門，一個女人聲音在叫：「唐諾，喔，唐諾。」

我翻個身，嘴裡含糊地咕嚕一下。

門外聲音道：「唐諾，開門。」門把被轉得格格地響。

我自床上勉強起來，蹣跚地步向壁櫃要找件晨衣披一下。

「唐諾，開門，是鄧麗恩。」

我聽到她說的，但是湊不起來這意味著什麼。我走向門前，打開門栓放她進來。進來的麗恩眼睛張得大大的。「喔，唐諾，我就怕你不在家，樓下房東堅持你在睡覺。她說你一晚未睡，所以一定睡死了。」

我一下清醒過來。嘴裡還在說：「請進，麗恩，請坐，發生什麼事了？」

「可怕，可怕極了。」

我就用手指梳理一下頭髮：「麗恩，快說。」

她走過來，靠近我。「我去看哈愛蓮了。」她說。

「很好，」我說：「是我給你這條路的。有什麼發現？」

「唐諾，她——她死了。被謀殺的！」

我一下坐在床邊。「告訴我怎麼會？」

麗恩走過來，坐在我旁邊。她用鎮靜，沒有高低的聲音敘述。「唐諾，你聽著，我不能在這裡久留。你的房東是個疑神疑鬼的人。她說我進你房間，房門一定要開著。我要你幫我忙。」

我看一下手錶。五點十五分。

「發生什麼事了？」

「我找到她住的地方。我不斷按門鈴。沒有人應門。」

「她睡得晚。」我說：「她在夜總會工作。」

「我知道。過了一下，我按管理員的電鈴，問我什麼地方可以找到哈小姐。」

「說下去。」

「管理員她說不知道，她說她從不管房客的私事，態度相當不友善。」

「我問她我能不能直接上去她房間，她說請便，房號是三〇九。」

「我用電梯上三樓。當我走下走道時，有一個男人自走道底一間房間出來。我不太清楚——不過我事後想來那是三〇九號房。」

「這可能就是她不應你按鈴的原因。」我說。

「唐諾，你聽我說，她死了。」

「你怎麼知道？」

「我走下去到三〇九。門是關著的。關是關著，但是沒有鎖。我敲了三、四次，沒有人應。我試推，門沒有鎖。我打開門，我看到——一個女人躺在床上。我想——你知道的——我就說：『抱歉，』退了出來，把門關上。我想我應該離開一下，等一下再回來。」

「說下去。」

「於是我下樓，又走出這大樓。過了半個小時，我回去，又去按鈴。」

「你是說按哈愛蓮小姐公寓樓下的門鈴？」

「是的。」

「又發生什麼事？」

「什麼也沒發生。我一直按鈴又一直按鈴，什麼回音也沒有。但是我絕對可以確定她並沒有外出，因為我一直在監視著公寓出口。」

「當我站著還在按鈴時，一個女人走上門階。拿出鑰匙去開門。她笑著對我說：『我來幫你忙。』我就對她說：『好的。謝謝你。』跟了她走進公寓去。」

「她有沒有問你去哪一家？」

「沒有。她客氣得很。」

「之後如何？」

「於是我又走上三層樓又開始敲門。沒人應門，我把門打開，向裡面偷看。她仍和上次一樣沒有改變姿態在床上躺著。她躺的姿態——有點邪——我走過去摸她一下。她已經死了。有一條繩子緊勒在她脖子上。她的臉看起來可怕極了。本來臉是向裡的，門外看不到。喔，唐諾，可怕極了！」

「你怎麼辦？」

「我怕得不得了，」她說：「因為，你知道，我在此之前進去過一次——半個小時之前。那個管理員知道。我怕她會以為——你知道——以為是我幹的。」

「你這個小笨蛋，」我說：「這是多久之前的事？」

「不久，我必須找到你地址才行。我打電話去你們偵探社，說是你的一位老朋友。說你說的打這個電話可以知道你住址。接電話的女孩說這裡可以找到你。」

「於是你過來了？」

「是的，立即過來了。」

我說：「馬上回到你車上去，從最快速度開去警察總局。一到總局你就說要報案，找到了一具屍體。記住不能提謀殺這兩個字。記住要告訴他們你來自橡景。」

「為什麼要告訴他們我來自橡景？」

「因為，」我說：「你將要扮演一個完全無知的鄉村女郎。」

「但是他們會查出我先一次到過那裡——管理員會知道。」

「這一點，他們反正會查出來的。」我說：「只要你想說假話，你自己就套進吊人結裡去了。你懂不懂？」

「懂——」她懷疑地說：「唐諾，你能和我一起去警局嗎？」

「絕對不可以。那會是最大的錯誤。你要把到過我這裡這件事完全忘記。連曾經認識我也忘記。千萬不要提起我的名字。也不要提起偵探社的名字。記住，我告訴你的一定要切記，切記。你告訴他們一切所發生的實情。不過告訴他們，你一發現那個女人是死了的時候。你直接開車就去警察總局。不要說你認為她是被勒死的。就說知道她死了。你什麼其他東西都沒有去碰。你明白了沒有？」

「明白。」

「你是什麼也沒有碰，對嗎？」

「沒有。」

「那個離開公寓的男人是誰，你知道嗎？」

「我不知道。我甚至不能確定他是從那個公寓房間離開的。也可能是鄰近的房間。不過也可能就是那一間。」

「他長成什麼樣子？」

「他很瘦，直直的。看起來很像樣。」

「多老？」

「中年。看起來很神氣。」

「穿什麼衣服？」

「灰色，雙排扣西服。」

「多高？」

「相當高，瘦瘦的。灰色小鬍子。」

「再見到他會不會認得出來？」

「當然，絕對可以。」

我把她推向門口，我說：「快去，快去。」

「我什麼時候再見你，唐諾？」

「他們拿你問話問過之後，你就打電話給我。記住，千萬別提起我，也不要提起偵探社——等一下，他們會問你，你去看哈愛蓮幹什麼？」

「對，我該怎麼說？」

我快快一想道：「她去橡景，你們就熟了。她信賴你。她告訴你她是一個晚上工作場所裡的歡樂女郎。記住，千萬別提林太太的事。千萬別提哈愛蓮去的目的在調查。千萬別說哈愛蓮有公事去橡景的。她告訴你她是渡假去的。你是鄉下女郎，你裝得越像，就越不會捲進這件事去。要多用鄉下土音。你一心想逃開橡景。每個橡景人都有這種想法。對年輕女郎而言，橡景毫無前途。你嚮往都市。你不要像她那樣在夜總會工作，不過你認為哈愛蓮認識人不少，可以介紹正當工作給你做。你叔叔知不知道你來這裡幹什麼？」

「不知道。唐諾，這都是我自作主張的。還有很多事，我想告訴你的。很多後來發生的事——奇怪的情況——」

「留著以後再說。」我說：「現在每秒鐘都十分重要。只要別人又見到那具屍體，比你先報警，你就死定了。記住，你是一離開現場就馬上開車去報警的。你對時間沒有辦法扣得很準確。你有手錶嗎？」

「有，當然。」

「我看一下。」

她把錶自腕上取下，我把錶定在十一點十五分，一下摔在五斗櫃角角上。錶停了。我說：「帶回手上去。記住，錶是今天早上你開車下來才摔壞的。你在加油站洗手室洗手時掉在地上摔壞的。你明白嗎？你辦得到嗎？」

「可以，可以。」她說：「我明白。你很好！我知道依靠你沒有問題。」

「不提這些。」我說：「快走。快上路。別打我這裡的電話。打我偵探社電話。不要從警局打，打電話時要看有沒有人在監視。萬一耍不過他們，你也可以說認識我，只是想自己辦完事才來找我。你沒有把你名字告訴卜愛茜吧。」

「誰是卜愛茜？」

「偵探社的接電話小姐。」

「沒有，我只告訴她，我是你的好朋友。」

我把她推向走道。拍拍她的肩膀，我說：「快走，祝你好運。」

我看著她走下樓梯，大門關上。我真怕女房東會向她東問西問。

前門關上後，我走向在走道中段的公用電話打電話回偵探社。卜愛茜應的電話。

「白莎回家了沒有？」我問。

「還沒有，正要離開。」

「叫她等一下。告訴她我立即回來。十分重要的事。」

「好吧。是不是有個女人找過你？」

「一個女人？」

「是呀，她說她是你的老朋友。不肯告訴我名字。看來熱烈得很，她一定要你的地址。」

「沒關係，愛茜，謝了。告訴白莎我馬上來。」

我掛上電話，回自己的房門，穿上衣服。坐上公司車，在下班車陣中掙扎，回到辦公室，時間是五點五十分。

卜愛茜已經下班回家了。柯白莎在等候。她說：「老天！千萬不要自己睡了一個下午，跑到這裡來叫我整個晚上陪你。你到底想幹什麼？」

「王先生那裡有什麼消息嗎？」我問。

她的臉上露出笑容。「有的，好人。」她說：「他來過。留給我相當不錯的定金。」

「多久之前？」

「不超過半個小時之前。他像是非常非常好。不過他神情夠緊張。」

「到底他要什麼？」我問。

「他沒有談到政治問題。」她說：「但東說西說，我懂他要說什麼。他要我們繼續找林太太。他說他有別的困難也需要我們的服務，他要確定我們立即開始行動。唐諾，你給了他很好的印象。他特別說要你自己為這件事工作。他認為你很聰明。」

「他留下多少錢？」我問。

白莎小心地說：「唐諾，不少的一筆錢。」

「多少？」

「你管呢？」她突然生氣地說：「是我在管這個偵探社。」

「多少？」我問。

她對望著我的眼，把下巴閉得緊緊的。我說：「少來這一套，白莎。你對這件事知道得還不夠多。他是要我來替他辦案。我現在拋手不管，你就玩不成了。」

「我不會讓你拋手不管的。」

「是你在說。」

她考慮了一下說道：「一千塊。」

我說：「我就說嘛。我要你跟我走。」

「去哪裡？」

「我們去訪問哈愛蓮。」我說。

「喔，這隻騷蹄子。」

「嗯哼。」

「我不去你會方便些，唐諾。」

「不見得。我想這次可能用得到你這隻肥手。」

「有的時候我這隻肥手是很辣手的。」

「好，那麼就出動一次。」

她說：「唐諾。你到底怎麼啦？你趕死趕活在幹什麼？你為什麼這樣急躁？」

「我一直在用腦子想。」

「沒錯。」她怨恨地說：「這本來是你的專長。」她站起來，走去抹粉，補上口紅。我不耐地在室內踱方步，一面拚命看錶。「那個蒙醫生有沒有說他是什麼時候來到城裡，或者什麼時候他要回去？」我問。

「唐諾。他特別聲明叫我們不要稱呼他蒙醫生。他說我們彼此之間的討論和文件資料記載，都只能用王先生。」

「好吧，王先生有沒有說他什麼時候進的城，又什麼時候要回去？」

「沒。」

「他是不是穿了一套灰色雙排扣西服？」

「是的。」

「他有沒有說到城裡來做什麼？」

「他說他想到早上你去看他。他對自己寫信把我們辭掉感到十分抱歉。他要留點錢給我們做工作費。」

我說：「好了，好了，我們走吧。」

「唐諾，你在急什麼？」

「我認為哈愛蓮有不少資料可以供應給我們。」

「你不是整個下午都有空，怎麼現在又突然猴急起來？」

「我太累，腦子弄不清楚。現在才想到。」

「好吧，我們就走。」

「我還要一些鈔票可以做開支。」

「怎麼？又要？」

「又要。」

「老天，唐諾，我又不是——」

我說：「你聽著。這會是一件大案子，你曾經經手過最大的一件案子。那一千元只是大海裡的一滴水。」

「我但願有你一半的樂觀。」

「那倒不必，你弄到的我來分一半就可以了。」

「你是我的僱員。你要明白，唐諾。我開的店，你不是我的合夥人。」

「我知道。」我說。

「已經給你的，你還沒有列清單報銷呢。」

「我會的。」

她歎口長氣。走向現鈔抽屜，拿出二十元，交向我。我讓二十元放在手掌上，繼續等候著，過了一陣，她又給我另外的二十元。我仍舊等著，她嘆口氣，給我加了十元，「砰」一下把抽屜推回去，鎖上。她說：「花別人的錢，你慷慨得很。」

我把鈔票塞進褲子口袋，口中說：「我們走吧。」一路把她推向公司車去。

想要催柯白莎動作快一點，比什麼都困難。花在把她引到公司車去的時間，我的腦子早就飛到哈愛蓮住處又飛回公司了。白莎隨便做什麼事都有一定的步驟和速度，她就像一隻大型而只有一種轉速的馬達。

我坐進方向盤後面，自覺已經精疲力盡。白莎把自己塞進車門，坐下來的時候，車子突然向下一沉。她靠向彈簧已經受損了的椅背。

我急忙把車點火，吃進排檔，開出路旁。柯白莎道：「車子情況還不錯，是嗎，好人？」

我什麼也不說。

商業區這時候交通較不擁擠，我較快地開車往前趕。三、四部不同的車輛停在哈愛蓮公寓門口。有的車輛車頂上有紅色閃光仍在閃著。我假裝沒有注意到。柯白莎可不會含糊。她瞪了我好多次，也不開口。

我帶路走上公寓梯階說道：「我們最好先向管理員問一下。這樣我們可以不必按鈴，直接上去到她房門口。」

我按標明管理員自己住的公寓的門鈴。沒有回音。我又按它幾次。

一輛新聞採訪車匆匆開來，平排停在另一輛車外。一個記者帶著閃光燈和相機跳出車子走上樓梯。一位瘦長臉無表情的男人跟在後面，是個都會派的新聞播報員。他們試著推門，門是鎖著的。記者看向我問：「你住在這裡？」

「不。」

照相記者說：「按管理員的門吧。」

他們也按管理員的門，因為沒有人回答，於是他們隨便亂按所有的門鈴。過了一下有一家人隨便應了門鈴，嗡的一聲門就開了。他們進去，白莎和我跟隨在他們後面。

「幾號房呀？」那個照相的問。

「三〇九。」播報員回答。

我感覺到白莎的眼光在看我。我不理她，不過我低聲地說：「你聽到了嗎？」

她說：「嗯哼。」

我們四個人擠進電梯。柯白莎一個人占了電梯空間的一半位置。電梯搖搖擺擺上去。三層樓擠滿了不少人等。一位警官管制電梯裡要出來的人。播報員給他看記者證，他和照相的通過了。警官伸出一隻手來阻止我出來。「你有什麼貴幹？」他問。

我站在那裡好奇地向外看。「沒什麼。」我說。

「走走走，沒你的事。」他說。

「我在找管理員，她在這裡嗎？」我問。

「我怎麼知道，應該在吧。」

「我要找她租一個公寓。」

「沒辦法，兩個小時之後再來看看。」

「這裡發生什麼事了？」我問。

「謀殺，」他說：「三〇九號的女人。你認識嗎？」

我無辜地看向白莎。「這裡的人你一個也不認識，是嗎，白莎？」

她搖搖頭。

「好吧，」警官說：「快走。」

「我們不能見一下管理員嗎？」

「不行，我現在不能替你找她。她可能正在受詢問。走吧，快走。」

我們退後一步，電梯門關上。我說：「不巧，有人比我們快一步。」

白莎閉嘴不說話。

我們搖著下去，走出電梯又走出大樓，走進公司車。

「我想回辦公室去好好想一想。」我說：「你要我把你放在你公寓門口嗎？」

「不必了，唐諾。我要回公司去幫你想一想。」

第五章　公寓謀殺案

我們一路開車回公司，誰也沒有先開口說話。我把車停進車位，我們乘電梯上樓，走進公司，大家坐下。

柯白莎兩眼看定了我，她說：「你怎麼會知道她已經被謀殺了，好人？」

我說：「你在亂講什麼呀？」

柯白莎把火柴在桌子底下一擦。點著一支香菸，她說：「騙鬼。」

一聲不響她抽了一會菸，然後她說：「警車那麼多部停在那裡，你假裝沒看見。你不要按她公寓的電鈴，你按管理員的。你跑上去，問幾個問題，又跑下來。你早就知道那裡出事情了。你去的最大目的是想知道到底警方知道了沒有，到了沒有。現在可以告訴我了吧？」

「沒有什麼可以說的。」我說。

柯白莎打開一隻抽屜，拿出一張名片，看看名片上的號碼，拿起電話，撥了一個號碼。當對方的女人回答聲響起時，白莎用好聽的聲調說：「艾太太吧，賴唐諾先生是不是在你那邊租有一間房子的。我是柯太太，我是柯氏偵探社的老闆。唐諾替我工作，你大概知道的。我有事急著找他。不知他在不在房裡？」

電話對面嘰嘰嘎嘎地在說，我就聽著，過一下白莎說：「我明白了。是一個小時之前，是嗎？——對不起，請問就在他出去之前不久，有沒有過什麼人來找過他？」

柯白莎又開始聽對方在講，她的眼睛半閉著。半閉的眼皮下兩眼冷冷地，恨恨地看向我，然後她說：「艾太太，謝謝你。萬一他回來，告訴他我在找他，謝了。」

她把話機掛上，把電話推回到原位去。轉頭向我，她說：「好吧，唐諾。那小妮子是什麼人？」

「誰呀？」

「那個去看你的女人。」

「喔，」我說：「那是一個我讀法科時候的大學同學。好久不見了。她聽說我在為你工作，下午打電話到這裡來拿到的地址。卜愛茜給她的。」

柯白莎又抽了一會菸。她又撥了一通電話。對方應話時她說：「愛茜，這是白莎。是不是下午有人打電話來問唐諾的地址？……是什麼人？她有說名字嗎？……喔，他這樣說的，是嗎？好吧，愛茜，謝了。」

掛上電話，白莎說：「你告訴愛茜你並沒有見到那女人。」

我說：「好吧，你愛怎麼想就怎麼想。我不想讓卜愛茜知道我一切私生活的秘密。這位小姐是我一個好朋友。她到我住的地方來，兩個人閒聊了半個小時左右。那完全是社交生活的一部分。」

「純社交，嗯？」白莎問。

我什麼也不說。

白莎又抽了幾口菸。她說：「好吧，好人。我們去吃晚飯。不過這次不是公事，我們各付各的。」

「我不餓。」我說。

她笑著說：「好吧，我破例慷慨一次，我們吃公款去。」

我搖搖頭。說道：「我不想吃東西。」

「也可以，你就陪我吃東西好了。」

「不，謝了。我要好好想一想。」

「一面陪我一面想好了。」

「不必，我留在這裡一個人想，會好一點。」

柯白莎說：「這樣嗎？」她把電話拖到她面前來，撥號碼，她說：「我姓柯。給我送一盤雙份總匯三明治和大瓶的啤酒一瓶來。」她掛上電話說：「抱歉你不想吃。白莎就在這裡一面吃一面等你想。」

我什麼也不說。

我們靜靜坐在那裡。柯白莎重重抽菸，瞇了眼睛看我。過了一陣門上有敲門聲。柯白莎說：「去開門，讓送東西的進來。」

樓下餐廳的侍者送進一盤雙份總匯三明治和一大瓶啤酒來。柯白莎叫他放在桌上，付款，也付了小帳。她說：「明天來收盤子。今晚我們不會有空。」

侍者謝了她離開。白莎開始啃三明治，用大口的啤酒把乾乾的三明治送下肚子去。她說：「這樣吃晚飯真是受罪。不過至少可以解解饞。可惜你不餓。」

等她用完又抽了另一支紙菸，我看向我自己手錶，隨便地說道：「看來再留在這裡也沒有用了。」

柯白莎向我笑著道：「我也這樣想。她到底是什麼人？憑什麼肯匆匆趕來給你報信？」

「她是個好女孩子。」我說：「她本意只是打電話給我邀我吃飯。一個男人出去和女孩子吃飯，要在辦公室貼海報嗎？」

「當然不必，」白莎寧靜地說：「好吧，你不是要走嗎？我也想走了。」

我們下樓，又爬進公司車。我說：「我很想去看場電影，殺掉一點時間。一起去，還是……」

「好人，白莎睏了。白莎要回家換件衣服上床看書。」

我開車帶她到她公寓。她步出公司車，用帶了首飾的手抓我手臂一把。「抱歉。」

她說。

「沒關係。」我告訴她：「反正她也沒再打電話來，也許她打電話的時候我們倆出去了。也可能找別人代替我了。」

「唐諾，天涯何處無芳草，像你這種年輕，不難看，有正當職業的單身貴族，哪裡找不到女朋友？再見了。」

「晚安。」我說。

我把公司車迴轉，趕回到公司。看看手錶，我來回只花了二十五分鐘時間。希望麗恩沒有在這段時間裡打電話給我。

我仰躺在一張椅子中，正要點上一支菸的時候，我聽到辦公室大門有鑰匙放進匙孔的聲音。我想這一定是大樓清潔工或警衛人員。我喊著說：「我們正在忙。明天清理好了。」

房門開了又鎖上，柯白莎靜靜地走進辦公室裡來。她滿臉滿意的微笑。她說：「不出我所料。」她搖呀搖地走進來，坐在她自己辦公桌後的椅子裡。她說：「假如我們兩個能坦誠相見的話，我們合作會更愉快些。」

我正在想怎樣回答她的時候，白莎桌上的電話機突然之間大聲響將起來。白莎肥而有力的右手自上向下一扒把電話機扒到她自己面前，把話機拿起說：「哈囉。」

她雙眼是看向我的，半閉的眼睛裡有鑽石樣的光芒。她左臂橫在胸前，我知道她在戒備，萬一我想搶電話機的話吃虧的一定是我。

我坐著不動，把本想點火的香菸點上。

柯白莎說：「是的，這是柯白莎的偵探社……不在，對不起親愛的，他目前不在辦公室。不過他告訴過我，我就在等你電話，你可以告訴我，我給你轉告他……喔，是的，親愛的。我想他幾分鐘之後會進來的。他要你立即過來……是的，沒有錯，地址是對的。馬上過來，親愛的。不要浪費時間，坐計程車來，他急著要見你。」

放下話機她又向我說話。「唐諾，」她說：「今天的事就當我給你的一個教訓。下一次你自己想搞一點名堂，不要忘記把我算上一份，否則你會有困難的。」

「這件事你也要算上一份是嗎？」我問。

「算一份。」她說。

「事實上你是已經算上一份了。」

她說：「你初來求我給你一份工作的時候，小子，你對偵探工作什麼也不知道。我選上你的時候，你口袋裡只剩最後一毛錢了。你來這辦公室的時候你已經兩天沒吃飯了。是我給你的工作。你肯學，你有腦筋。你的毛病是你的眼中沒有我這個老闆。一出門你就自己作起主來了。像是尾巴在搖的狗了。」

「還有呢？」我問。

「不夠嗎？」白莎問。

「夠了。」我說：「現在我來告訴你，你一定要算一份，這一份你得到些什麼。」

她笑了，她說：「比沒有好，對嗎？唐諾，不必難過。」

「不會難過的。」我說。

柯白莎說：「我是為自己應有的在爭。當我應該爭時我據理力爭。我不會有遺恨，不後悔。我爭是有目的的。不達目的不罷休的。」

「她會來這裡？」我問。

「馬上來。她說她一定要立即見你。聽來不像是個約會，很像是生意。」

「是生意。」

「好吧，唐諾。你試著告訴白莎，是怎麼樣的生意。我已經宣佈這筆生意本人也有份。我有權知道內幕的一切——我們的賭注在那裡。你千萬別忘了所有王牌都在我手上。」

「好吧，」我說：「你混進一件謀殺案去了。」

「這一點我早知道了。」

我說：「馬上要來這裡和你談話的是鄧麗恩小姐。她生長在山腳下一個小鎮，一心想擺脫那個鬼地方。她誤認林醫生這件案子有更大的內幕。她從我處得到一點消息，自以為可以利用來報導並到大都市來的籌碼。」

「你是指愛蓮的地址？」

「是的。」

白莎說：「歷史就不談了，我也自己推理得出來。把我不知道的告訴我。」

我說：「我不知道驗屍的會說愛蓮是什麼時候被謀殺的，可能是鄧麗恩第一次去看她的時候。」

「第一次？」白莎問。

「是的，她打開公寓房門見到愛蓮在床上。她以為她在睡覺。她看到一個男人才離開她的公寓。麗恩想，這樣一個時間去打擾她，似乎不太合宜。所以她又把房門關起來，回到她自己車上去，一面坐著，一面可以看到公寓大門，免得愛蓮突然出來錯過了。半個小時後她又再上。這次她有點等煩了，也有點奇怪了。她看了愛蓮頸子上有一條繩子捆著，死了很久了。麗恩不知怎麼辦。第一個想到的就是我，她想方設法找到我地址來看我。我叫她立即去警局，告訴她千萬別說來看過我。更別提起偵探社的事。也不要提林太太。她去看愛蓮只是希望能來大都市找一個工作。叫她說第一次來以為愛蓮在睡覺，所以出去在車裡等候。」

「她能經得起盤問嗎？」柯白莎問。

「想來是沒問題的。」

「為什麼？」

「她從鄉下來。她是個單純，純潔，可愛的女孩子。她全身都是這種樣子，鄉下人的純樸，一點也沒都市人想占人便宜的味道。她是個誠實好人樣子。」

白莎嘆口氣。「這是你一生最大缺點，好人。你看女人個個好。你一說到女人，就口齒不清地直說好。案子中一混進一個女人，你就團團轉。這一個缺點你要不改，苦頭在後面。你本來很聰明的，你要懂得我是為你好。女人也是人，辦案的時候，做生意的時候，你不要把女人看成特別的人。」

「領教。」我說。

柯白莎說：「你也別難過，唐諾，我在教你做生意。」

「好吧，」我說：「我現在來告訴你其他的。那個自公寓裡出來的男人，鄧麗恩看得清清楚楚。她形容的樣子對警方不會有意義——至少我希望不會有意義。但是對我是似曾相識的。」

「什麼意思？」

「那個自公寓離開的人是蒙查禮醫生，另外一個名字是林吉梅醫生。他自己希望我們叫他王先生。」

柯白莎瞪著我看。她的眼皮慢慢地睜開，直到雙眼圓圓的還是瞪視著我。我點點頭。她用極低的聲音像是自己在對自己說話：「他奶奶的。」

「目前，」我說：「警方對林醫生這條線索一無所知。他們對蒙醫師這條線索也一無所知。他們沒有理由對我們的當事人王先生會有任何的疑問。但是，萬一鄧麗恩見到王先生本人或是王先生的照片，她毫無疑問會在一秒鐘之內把他認出來的。」

柯白莎輕輕地吹出口哨聲來。

「所以，」我說：「你只有兩條路可以走，一條路是任由一切自由發展，你不去控制鄧麗恩，早晚警方會找到我們的王先生，把王先生放在一列人中間，由鄧麗恩來指認，如此一切就完蛋，你就沒有客戶了。另外一個辦法就是想辦法使鄧麗恩失蹤。我們告訴王先生——今後我們之間一律稱他王先生——告訴王先生，我們知道了這些事，請他告訴我們他到底是否殺了人，告訴他萬一他是冤枉的，我們一定替他把真兇找出來，所有必須的經費自然由他供應，而且要大量供應。」

「這樣不是變成隱瞞證據了嗎，好人？」她問。

「就是。」

「對一個私家偵探來說，這是很嚴重的事，你該知道。他們可以吊銷我們執照的。」

「你要是根本不知道，他們就不能叫你連帶負責的。」

「可是我現在知道了呀。」

「就是囉。」我說：「你自己拚命要算一份的。鄧麗恩就快要來到了。這齣戲是你導演的。所有王牌在你手裡。」

柯白莎把她椅子向後推。「不必把我算進去，唐諾。」她說：「我要回家去了。」

「現在不行了。」我說：「是你接的電話，你叫她來的。是我就不叫她到公司來。是我會叫她去車站或是其他公共場所，在那裡見她。極可能警方派有人在跟蹤她。」

柯白莎開始用戴了首飾的手指在辦公桌上打鼓。「真是亂七八糟。」她說。

「你自找的呀。」我告訴她。

「抱歉，唐諾。」

「我知道你會後悔。」

「聽著，從現在起你接手，又怎麼樣——」

「不可能，」我說：「假如你沒有硬要參與，我會全力去做我認為擔負得起的一切。我會玩呆瓜，有人問起我，我什麼也不說，更證明我是呆瓜。現在不同了。你知道的一切以後都可能被查得出來的。」

「你可以信任我呀，好人。」她說。

「以前是會信任你的，現在不行了。」

「現在你不信任我了？」

「不信任了。」

她眼睛冒出怒氣。所以我說：「就像你幾分鐘前不信任我一樣。」

外面大門有小心的敲門聲。柯白莎說：「進來。」

沒有人進來。我站起來經過接待室去開門。鄧麗恩站在門外。

「進來，麗恩，」我說：「我要你見見我老闆。柯太太，這位是鄧麗恩小姐。」

柯白莎向她微笑。「你好嗎？」她說：「唐諾一直說你很可愛，進來。進來坐。」

鄧麗恩向她笑笑說：「謝謝你，柯太太。我很高興見到你。」然後走過來站在我身旁。她快速偷偷地在我手臂上捏上一下。她的手指在顫抖。

「你坐，麗恩。」我說。

她在一張椅子中坐下。

「要喝點酒吧？」

她笑著說：「已經喝了一杯了。」

「什麼時候？」

「他們問完我話之後。」

「很受罪嗎？」

「倒也不見得。」她特地向柯白莎看一下。

我說：「柯太太都知道的，只管說出來，告訴我們。」

「她知不知道我——我——」

「你是說你曾經到我住的地方去過？」

「是的。」

「她什麼都知道，麗恩，沒顧忌的。後來怎麼了？」

她說：「我應付得非常好。我跑去警察局就說我要報警發現了一個屍體。他們把我送到交警那裡去。他們以為是交通意外。我向二、三個人說明後，他們才派一輛巡邏車去調查一下。巡邏車裡的警官用無線電回報這是謀殺案。於是他們大動干戈起來。一位年輕的檢察官對我詳細詢問。」

「有筆錄叫你簽字嗎？」

「沒有。有紀錄員作紀錄的，他們沒有打字打下來。也沒有叫我簽字。」

我說：「這樣好一些。」

「好什麼，我又不能再回頭更改我說的一切。」

「那當然。不過他們沒有叫你簽字，就表示他們相信你，根本不認為你會翻案的。」

她說：「他們的重點都在那走出公寓房間的男人。」

「那是一定的。」我說。

「他們試著要我確認那個男人『是』從三〇九號裡出來的。他們叫我千萬不可以對任何人說『我想』這個男人是從三〇九號房裡出來的。」

「原來如此。」

她繼續說：「那個年輕的助理地方檢察官人好得很。他說要判定一個謀殺犯，必須要一切證據完全沒有可疑的地方。唐諾，你當然是明白的。律師喜歡把證人弄糊塗。

當然那個男人也可能是從另外一個房間出來的。不過其實也不太像。我越仔細想，越覺得他是從三〇九號出來的。現在，只要我露出一點點有可能這個人不是從三〇九出來的，一個賊一點的律師就會大大利用來扭曲事實，使正義不得伸展。唐諾，一個好國民應該挺身而出，任何目擊證人都該為自己見到的事實，向大家說明白。」

我笑笑說：「我看得出他是個非常好的助理地方檢察官。」

「唐諾，不要這樣。不過他所說的也沒有錯。」

我點點頭。

「警察會查出哈愛蓮一切的背景和行動。他們會查出來她有些什麼朋友。等他們收集齊全之後，他們會叫我來指認，當然，先是看他們的照片。」

「他們認為那個人是她男朋友？」我有意地向白莎看一眼。

「是的。他們認為是情海生波。他們認為殺死她的人一度曾經是她的——情夫。要知道屍體是一絲不掛地躺在床上的。有掙扎的現象。殺他的人在她全不知他要殺她的時候，給套上繩索勒死的。」

「你準備怎麼樣？」我問：「繼續逗留在這裡，還是回橡景去？」

「我是要隨傳隨到的，」她說：「他們也調查過我，他們打電話給橡景的警長。警長是我老朋友。他說他們可以無條件地信任我。」

「他們有沒有，」我說：「考慮過這件事是你幹的？」

「沒有。」她說：「自動去警局和其他的一些答話，都對我有利。我裝成你要我裝成的樣子——你知道的，土裡土氣的。」

「太棒了，」我嚥一口口水說：「吃過晚飯沒有，麗恩？你吃了沒有？」

「沒有，我都快餓死了。」

我向白莎露齒笑道：「可惜你已經吃過了，柯太太。我帶麗恩出去吃飯。我要些公款來花用。」

柯白莎明白地表示出笑容。「當然，當然，唐諾。」她說：「你去，你帶她去。今天反正沒事要你幹了。」

「我要一些公款來花用。」

「你只要注意明天早上九點鐘一定要來上班。假如今天晚上有什麼大事，我會打電話找你的。」

「不要緊。公款——」

柯白莎把辦公抽屜打開。自皮包拿出鑰匙來開現鈔箱子。她數出一百元，遞將過來，我仍舊把手伸在那裡等，我說：「繼續給。夠了我自己會說。」

她想說什麼，但又先給了我五十元。「這些，」她說：「是抽屜裡的全部了。我在辦公室留用的不會比這更多。」她一下把現鈔箱蓋子闔上，把抽屜送回去。

我說：「麗恩，走了。」

柯白莎又明顯地向我們表示笑容。「你們兩位快去。」她說：「好好玩一下。我已經吃過了。今天也夠累了。我只想早點回去換一件寬大的睡衣，躺到床上去。想來我是老了。像今天這樣一天搞下來，即使是呂布也變抹布了。」

「亂講。」麗恩說：「你看來一點不老，而且很壯，柯太太。」

「我一定要帶那麼多脂肪共存亡呀。」白莎解釋道。

「你身上倒沒有肥油，看來像肌肉。」鄧麗恩一本正經地說：「你骨骼大，如此而已。」

「謝了，寶貝。」

我扶住鄧麗恩的手臂說：「走了，麗恩。」

柯白莎把鑰匙放回皮包，站起身來，她說：「唐諾，這次不必送我回家了。我叫計程車回去。」

她和我們一起走出辦公室，用的是她特殊堅定勇往直前的步伐，有點像是一條出港開向平穩海面的八十尺大遊艇。白莎從不蹣跚。走路對她不是十分困難的事。她走路有一定的速度，從不加快，也不算慢。夏天冬天一樣。甚而連上下坡也不變。

當我們在餐廳裡的時候，鄧麗恩說：「唐諾，我認為她很可愛的。她很能對付人，自己又十分堅強。」

「這是絕對的。」我說。

「不過看來個性很強。」

「你還沒見到真正的她呢。」我說：「不過現在我們不要再討論她，我們來討論你自己。」

「我又如何？」

「你為什麼離開橡景？」

「當然是為了要見哈愛蓮。」

「你有沒有告訴你叔叔？」

「沒有，我告訴他我要休幾天假。」

「他不是去釣魚了嗎？」

「回來了。」

「什麼時候回來的？」

她皺起眉頭，她說：「我來看看。是——就在你離開之後。」

「之後多久？」

「兩小時吧。」

「而你在他一回來，就離開家鄉到這裡來？」

「是的。」

我說：「好，現在你的打算是什麼？」

「什麼打算？」

「你知道我問你的是什麼。你說過你希望和我互換消息，我告訴你我知道的，你就告訴我你知道的。假如我不告訴你，你就自己幹。」

她說：「我的想法你是知道的。」

「知道什麼？」

「我的想法呀。我不想再編那張報紙，不想再留在橡景。我知道你是個偵探——」

「怎麼會知道。」

「我又不是瞎子，」她說：「你當然是偵探。你是在替別人工作。你是在收集情報，你不是調查信用，更不是來收爛帳——二十一年之後才收也說不過去。」

「好吧，你說下去。」

「我知道你是個偵探，我也知道林太太一定十分重要。她一下成了名人了，我也知道因為你在查她，所以被人揍成黑眼圈了。所以我私下在想，既然她如此重要，我在當地，占地理上優勢，我也可以多收集情報，研究大家為什麼重視林太太，找出你在替什麼人工作。我認為我去看你老闆，把收集的消息告訴他，極可能我可以在城裡找一份工作幹幹。」

「什麼樣的工作？」我好奇地問。

「做一個偵探。」她說：「他們也常有女偵探的，是嗎？」

我說：「你想去見柯白莎，叫她給你一個工作做？」

「是的，當時我當然不認識柯白莎。我不知道你老闆是誰。我在想也許你們偵探社很大。」

「對偵探的工作，你知道些什麼？」

「在橡景我是報館記者，即使是鄉下小報，你必須也要伸長耳朵削尖腦袋才有新聞。我非常努力。當然——試一下不會死人的。」

我說：「算了吧，回到橡景去和某甲早點結婚。說起某甲，近來某甲好嗎？」

「還好。」她看都不看我。

「他聽到你要到大都市來，想當偵探，有什麼感想？」

「他什麼也不知道。」

我繼續注視她，她感覺到我在看她，一心看著檯上的桌布。我說：「我希望你是在說實話。」

她抬起眼，睫毛快速地眨了一下。她說：「當然都是實話。」然後把眼睛又垂下。

一個侍者依我們的點菜把食物拿來。麗恩在喝完湯之前什麼也沒有說，她把湯盤向前稍推，她說：「唐諾，你認為她會給我一個工作嗎？」

「誰？」

「白莎，當然是她囉。」

「她已經有個秘書了。」我說。

「我是說做個偵探。」

「別傻了，麗恩，你不可能做偵探。」

「為什麼不行？」

「你對世事所知不深，你尚有自己的前途，理想。你——連想要做偵探的念頭都是傻的。柯白莎什麼案子都接，最多的是離婚案。」

「我知道人生的困難。」她一本正經地說。

我說：「不，你不知道。只是你認為你知道而已。再說這種工作不好做。要跟蹤人。你要到東到西偷偷摸摸，自鑰匙孔去偷看。挖掘人生醜惡的一面——像你這種純潔的女孩子不該瞭解的事實。」

「你說起來像是在做詩，唐諾。」她說。一面把臉斜向著一側地看我。「你這個人也有詩人氣質。」她繼續說：「你嘴角很敏感，眼睛又大又黑。」

我說：「你真是說不透的大傻瓜。」

侍者把沙拉帶來。

我繼續看她，她避免看我眼睛。我等她說話，她目前不想說話。過了一下，她抬頭道：「唐諾，那個從哈愛蓮房間裡出來的人，你認識不認識？」

這次她的雙眼盯住了我看，而且目不轉睛地看。

我說：「我看你已經中了警方的毒了。」

「怎麼說？」

「你第一次對我說這件事的時候，你並沒有說這個人從那間房間裡出來。你說他是從走道底上一個房間出來的。」

「他確是從一個房間出來的。」

「不過你並不知道他是從哈愛蓮房間出來的。」

「一定應該是的。」

「你自己這樣確定？」

「是的。」

「你知道他的確從哈愛蓮房間出來？」

「倒也不——不那麼完全確定。但是他一定應該是的。」

我說：「明天，一切事情過去之後，你再去那公寓。你自電梯中出來，由我來站在三〇九號門裡，在你一出電梯我就開始跨出門口。我們再試試其他兩個門口。」

她瞇起眼睛道：「這可能會很有用，也許顏先生也會請我照樣做一次。」

「誰是顏先生？」

「顏羅門先生，那位助理地方檢察官。」

「不會。在他再和你詳談很多次之前，他不會叫你做這個實驗的。而到那個時候，你已經被洗腦洗到完全認為這個人是從三〇九號房間出來的。到那個時候，他才會現場表演加強你的想法，不使你反悔。」

她說：「他才不會那樣。他要的是公正。他是一個很好的年輕人。」

我說：「是的，我知道。」

侍者把我們的主菜拿了上來。他走了之後，她說：「唐諾，我今天晚上得有地方住呀。」

「那檢察官沒有告訴你該住在哪裡嗎？」

「沒有，他只說明天早上十點鐘向他報到。」

我說：「你聽著，我希望和你保持聯絡。我不要你整天找我或是到我公司來。我也不要去你住的旅社。我想你可以去我的出租房間。我會告訴房東你是我親戚，叫她給你一個房間。我想她還有幾間空房的。如此我可以要見你的時候見你，不致引起注意。」

「唐諾，這是個好主意。」

「那裡不是旅社。」我說：「那只是個有房間出租的房子——」

「我懂。」她說。

我說：「吃完晚飯就去。我還有工作要做，先把你安頓好。」

「但是我以為你沒有工作。我聽到柯太太說——」

「她不管我什麼時候工作。」我說。「也不管我什麼時候睡覺。她要的是結果，一天工作二十三小時也沒有加班費。」

她笑了，突然她停止笑聲注視我說：「唐諾，你在替那個從公寓房間出來的人工作？」

我很有耐心地說：「麗恩，你並不知道那個人是不是從那間公寓房子裡出來。」

「這個麼——唐諾，我不要做任何會傷害到你的工作，你把一切都告訴我會不會好一些？」

「不會。」

「為什麼不會？」

「那樣你就知道太多了。」

「你不信任我？」

「不是信任不信任的問題。假如你幫我忙而你自己不知道在幫我，沒有人可以指責你。假如你自知的幫我忙，我就變成了教唆，你也一樣受不了。」

她說：「如此言來，你確是在替他工作。」

我說：「少講話，多吃東西。我還有工作要做。」

我催著她吃完飯，開車把她帶回我住著的房間出租公寓。艾太太聽我解釋她是我的表妹，說她來得很突然。我說她會在這裡逗留二、三天。真正日期未定。

艾太太給她一間和我同層的向街房間。她用酸溜溜的眼神看向我道：「你要拜訪你的表妹時，房門請你不要關。」

「當然，」我說，一面收下艾太太給我的收據。

艾太太走後，麗恩說：「所以我們必須把門開著？」

「嗯哼。」

「開多大？」

「嘎，一兩吋就足夠了。我要走了。」

「唐諾，但願你不一定要走。能不能先留下來一會兒。拜訪我一下。」

「不行。某甲也許不喜歡我如此做。」

她板起臉孔慍怒地說：「我認為不要再開他的玩笑了。」

「他到底姓甚名誰呀？」我問。

她說：「是你創造的人物。他完全是你想像中的人。假如你認為某甲不好聽，可以另起個名字呀。」

「某甲不錯。」

「那就叫某甲好了。」

我說：「我還有工作要做。我得趕快去辦了。」

「唐諾，我希望能把這一切忘記掉。她的身材真好，那圍著她脖子的繩子——她臉形完全腫起來，變黑了——」

「不要說下去，」我說：「連想也不要去想。你上床睡一下。浴室就在走道的底上。」

「唐諾，你什麼時候回來？」

「還不知道，會很晚的。」

「我不睡，坐著等你，你回來上床前能不能來看我一下？」

「不行。」

「為什麼？」

「我不要你坐著等我，再說可能會等得太晚太晚。你上床去好好睡一下。」

「明早你會來看我嗎？」

「暫時還不能確定。」

「為什麼？」

「早上有什麼事，我自己尚不能肯定。」

她把手指放在我前臂上。「謝謝你請我吃晚飯。唐諾——暫時再見。」

我拍拍她的肩。「做個好女孩，我不會有事的，晚安。」

她走到門口，看我走下走道。艾太太在轉彎角上偷看我們。「你的表妹人長得不錯。」她說。

「是呀。」

「凡是在我這裡住的人，我都要關心他在這宿舍裡的私生活的，尤其是年輕女生。」

我說：「我的表妹和一個水手訂了婚的。他的船應該在明天什麼時候會進港。」她的鼻尖往上翹起一兩英吋。「假如他來找她，告訴他門要打開——再不然我來告訴她，好嗎？」

「他不會來找她。」我說：「他的媽媽就住在這裡。她會去他媽媽家找他。她喜歡住那裡，不過那裡有了不速之客。」

艾太太露出了高興的面孔。「喔，」她說，過了一下又說：「喔。」

「還有什麼事嗎？」我問。

她說：「既然如此，我就不再問她的問題了。通常女客人來我會追根究柢的。既然你——」

「沒問題的。」我說。

我走出公寓，爬進公司車。我先去加油，加水。車子油箱、水箱幾乎已經全空了。

第六章　藍洞夜生活

我開車來到藍洞。那是個下流場所。政府掃黃把低級歌舞場所封閉，其他尚開著的表面上不賣酒。藍洞是在夾縫中求生存的一個場所。

一切在場面上作業的看起來也不比其他酒廊特殊。內行人才知道如何進行正式的內盤交易。

我在後面角落找到一張桌子，也叫了一杯酒。一位舞女正在前面台上表演脫衣舞，她表演完了時穿的實際比其他舞女上台時還要多。但是她的掌聲反倒多一些，因為她猶豫，要脫還是不脫，肯脫還是不肯脫，每當要脫時，她要看門看窗，看這些保鏢是否把門窗關好了。觀眾相當對她瘋狂。在掌聲最高的時候，她把手撫在重要位置望向經理，好像問他能不能再脫。經理跑向前猛給她搖手，把她拉下舞台，自己向觀眾鞠上三躬，握住舞女的手一起回到後台。

不久舞女自後台出來，混進捧場的人群裡去。有一堆四個男人在喝酒的地方，她停留很久，報銷了不少的酒。她又不時回頭看經理什麼時候該再上台。

一位女士，四十幾快近五十的年齡，純黑頭髮及眼珠，她是管帳的。每一張酒單帶了現鈔送到她那裡，都要經過她貪婪的烏眼一瞥。她快速來到我桌前。她說：「晚上好。」

「哈囉。」我說。

「你看起來寂寞極了。」

「你看對了。」

「有空嗎？」

「空得不得了。」

她笑了：「我來給你安排。」

她的安排是把拇指一翹，把頭向我的位置一斜。不知哪裡立即出現一位栗色頭髮，化妝過度的小姐，移向我對面空位置上坐下。「哈囉，」她說：「今晚好不好？」

「不錯。」我說：「要來杯酒嗎？」

她點點頭。

侍者的出現更是像藏在桌下一樣的快速。她點頭，頭還沒抬起來，侍者已經等候在桌旁。

「威士忌，不加東西。」她說。

「薑汁麥酒。」我說。

侍者離開。女郎把手肘支在桌上，雙手手指互相叉起，把下巴放在手指上，給我看飽她美麗的大眼睛，她說：「我的名字叫卡門。」

「我叫唐諾。」

「住在這裡？」

「過路而已。我每三、四個月來這裡一次。」

「喔。」

侍者用威士忌杯給她送來一杯「紅茶」，給我一杯加了冰塊及薑汁的麥酒，一張酒單一元二角五分。我數出白莎的心痛錢一元五角，打發他走路，對卡門說：「祝賀我們初會。」

「希望能使你快樂。」她一下把冷茶倒下肚去，伸手去拿她面前的一杯冰水，好像那玩意兒真的很凶似的。喝了兩口，她說：「老天，我是不該喝酒的，喝多了會胡天胡地。」

「怎麼個胡天胡地法？」

她痴痴地格格笑著道：「相當的亂來，你沒有來過這裡，是嗎？」

「只來過一次。」我說：「上一次來這個城市的時候——喔，那次真好玩。」

她把眉毛抬起。

「一個叫做愛蓮的小姐。」我說：「今天我沒有見到她來呀。」

她眼睛蒙上一層霧，立即她臉無表情地說：「你認識愛蓮？」

「嗯哼。」

她又看了我一下，自桌上湊過來離我近一點，她說：「好了，老兄，把她忘了吧。」

「為什麼？」我說。

她向房間後面斜著頭隱隱表示了一下。「兩個便衣人員，」她輕聲說：「正在一個個客人追問，什麼人對愛蓮熟一點。」

「為什麼？」我問。

「今天下午什麼人把她做掉了。」

我踮起屁股。「今天下午？」

「就是。別緊張！唐諾！不要大聲廣播，我是為你好。」

我想了一下，偷偷自口袋中掏出一張五元的鈔票。我說：「寶貝，謝了。把手伸到桌子底下去，我有東西給你。」

我在桌下摸到她的手，她把五元輕輕地抽了過去。卡門把肩頭沉下去幾乎和桌面平行了。我知道她在把鈔票塞進絲襪裡去。

「謝謝你。我有個太太在舊金山，我不能被他們問東問西。」

「就為了這種情況，才先告訴你。」她說：「愛蓮是個好孩子。真惋惜。也許她騙了什麼人，別人不高興了。」

「怎麼回事？」

她說：「有人進了她的公寓，在她脖子上擱了一條繩子，把她勒死了。」

「怎麼能這樣對付一個女生呢？」

她有感地說：「有多少人這樣憐香惜玉的？你且想想：男人心態怎樣的，他們想從女人那裡得到的是什麼。他們都是什麼用心？」她聳聳肩，把紅唇扭成一個勉強的微笑。「不說了，這不是說這種話的時候。」她說：「快樂起來，你是來找樂子的。」

我說：「這就對了，你自己不高興也對身體不好。」

「這裡不容你不高興。笑容一定要放在前面，來這裡的男人和這裡的女人都愛把青春亂擲。誰管誰家裡小孩在咳嗽，發高燒或小孩在等奶粉吃。愁，愁有什麼用。」

「你有小孩？」我問。

一時她眼濕了，她眨眨眼把淚水眨回去。她說：「老天，換一個主題吧！你使我假睫毛都濕掉了——再來一杯如何?不，等一下。別來酒。你已經偷著給我不少了，我饒了你吧。」

「該買就買吧，那侍者在看我們這邊。」

「就讓他去看。」她說：「我們的規矩是二十分鐘敲客人一杯酒。越多當然越好。」

「你們收取佣金？」

「當然。」

「喝的是什麼？」

她生氣了。「威士忌。」她說：「別聽別人亂說話。」

「你也表演？」我問。

「有。唱唱歌，也跳些踢躂舞。」

「那個眼睛怪怪的是誰？」我問。

她笑道：「那是陶拉。新領班。以前你來的時候領班叫芙樂。對嗎？」

我點點頭。

卡門說：「陶拉夠刺激。但是千萬別以為她不稱職。她的頭背後長著眼睛的。她對這裡這一套什麼都懂。她是專家。」

「芙樂怎麼啦？」我問。

「不知道。就是走了。我不知道發生了什麼事。也許是和老闆搞不好。陶拉才來了一個星期，但一切已經就緒了。老兄，你不是來這裡談我，談我的困難或談這裡生意好不好的。我們跳支舞怎麼樣？」

我點點頭。音樂這時候已轉成交際舞曲。原本的脫衣舞台已經有很多人上去跳舞。卡門緊貼著我，頭稍稍抬高，兩隻眼睛睜得大大的，嘴角帶有笑容，整個舞程保持這種姿態。儘管卡門的小孩可能在家裡咳嗽發高燒，她的舞步仍是純熟，熱情的。

我什麼話也不說，不去打擾她的思路。

音樂終於暫停，我們回到坐位。我對卡門說：「那個侍者又在看我們了。我看你應該再拿些喝酒的佣金了。」

「謝了。」她說。

我向侍者點點頭，他加快來到我前面。「再來一杯。」我說。當他把空杯子收走後，我向卡門道：「愛蓮怎麼啦，你對她清楚嗎？」

她搖搖頭。

「她告訴過我她在南部有些親戚。我忘了南部哪一個城市。」我說。

「絕不在本州的南部，她是東面來的。」

「結過婚嗎？」我問。

「好像沒有。」

「有固定的男朋友嗎？」

「老天，我怎麼會知道。」她突然警覺地集中視力看向我。「你講話像渾蛋的私家偵探。我怎麼會知道她的事？我自己的麻煩還不夠多呀？」她說。

我說：「別忘了，我上次和她在一起十分愉快。」

她看著我道：「你不該如此的。你不該對一個吧女動真情的。倒不是我們吧女有什麼不如人的地方，但是我們生活本來是靠吸男人血的。你有家庭，太太。做人真奇怪，你有太太，可是你坐在這裡喝酒找女人。我在這種下流地方工作，但是要負擔一個丈夫，一個小孩和一大堆家庭工作。」

「丈夫，」我說：「他該有他養家的責任呀。」

她苦笑道：「養我和我五歲的拖油瓶女兒？你別開玩笑了。」

「五歲了？」我做出好奇狀。

「沒錯。現在你知道了。你看愛蓮。她才幾歲，她也是父母生的……我不該談這些的。不過……也不是我開的頭。假如你感到寂寞，你該多喝點酒，喝醉也不錯。你想玩，你就向我獻慇勤。千萬別再提這些不愉快的事，我會被逼瘋的。」

「OK，卡門。」我說。

侍者把酒送來。

「便衣找你談過嗎？」我問。

「談過嗎？」她說：「他們把我從裡到外翻了好多次！我什麼也不能告訴他們。你看我們，我們是拆帳制的。每一個晚上，我至少要應付十幾台才能賺到生活費用。偶然有人喜歡我，會猛買酒給我喝。結帳時他們也會把找回的零票推給我做小費。那已是不太好求的事了。

「這裡女孩子有十個以上。每個人都靠這種制度過活。愛蓮是這些人中的一個。我怎麼會知道她和什麼男人鬼混。我自己有自己的困難。你等一下，我有個電話要打。

唐諾，你不見怪吧？」

「沒關係。」我說。

她走去電話亭打電話。沒多久她就回來，她說：「小孩好多了。咳嗽也沒有再厲害起來。」

「會沒有事的。」我說：「孩子什麼理由都沒有也會發燒的，你不必太耽心。」

她點點頭。「我知道，不過事到自己頭上就比較緊張。」

「對她的前途有什麼計畫嗎？」

她苦笑道：「我擔心她前途？我自己的前途尚搞不清楚呢。」

我說：「我再問一個有關愛蓮的問題。有一個灰眼珠，黑頭髮，很大個子，一身肌肉的，對她控制得很嚴的，是什麼人？那個人面頰上有一顆痣。她說任何時間我來這裡，假如看到這樣一個人在裡面，可千萬不要和她接近，叫我另外隨便挑個這裡的吧——」

她眼睛瞪視著我，迷惑得有如一隻小鳥見到一條蛇。慢慢地她把椅子退後。她極小聲極小聲地說：「你連這件事也知道。老哥，你未免知道太多了一點吧。」

我說：「不是的。老實說我——」

「而我還在一點警覺也沒有。」她說：「我自認為見到條子，自己一眼就可以認出來的。」

「千萬別誤會，卡門。」我說：「我不是條子。」

她不斷看我，好像我是水族館裡一條罕見的怪魚。過了一下，她說：「我也不相信你是條子。就算你不是——對不起。我馬上回來。」

她站起來走進盥洗室。我看到她向女領班比了一個手勢。不到一分鐘領班也走進盥洗室去。過了一下那領班出來和男的經理說話。一分鐘後經理漫不經心地隨便向我走來。

他走到我桌前，看一下桌上兩隻空杯子和卡門坐過的空位置。「有人照顧你嗎？」他問。

「有了。」我說。

他站在桌前，看向我。「是這裡的一位小姐嗎？」

「是呀。」

「她跑掉了？」

「沒有，她去搽粉。」

「走了很久了嗎？」

「不太久。」

他說：「我總是得看住這些小姐。她們——你知道——我以為你坐在這裡很久了。」

「是很久了。」

「我是說單獨一個人在這裡。」

我沒有答腔。

他說：「我在這裡，就是要我們客人得到最大的實惠。我們小心起見，先看看你的皮包和手錶在不在。」

「都在。」我說。

他站著把眼皮垂下看我。他是個黑髮，矯健活潑型的男人。養著修剪整齊的小鬍子。他穿著雙排扣西裝，比我高不了太多，長長的手指。手長得很好看。他說：「請你再確定一下。」

「錯不了。」

他猶豫一下道。「我有點不認識你。」他說：「你不是這裡的常客。」

「以前來過。」

「什麼時候？」

「喔，二、三個月之前。」

「有過二位小姐接待你？」他問。

「有。」

「你不記得她名字了吧？」

「不記得。」

「今晚上在這裡的是卡門，是嗎？」

「是的。」

他拉過一隻椅子坐下來，他說：「很好的女孩子——我指卡門。我的名字叫溫普。」他把手伸過桌子。

我和他握手，我說：「我叫唐諾。」

他微笑：「是的，是的。歡迎光臨，唐諾。我姓巴，我朋友都叫我小巴。再來一杯如何？這一杯招待。」

我說：「那敢情好。」

他向侍者示意道：「替這位先生把酒杯加滿。給我一杯純威士忌。唐諾，這裡招呼你好不好？」

「很好，很好。」

他說：「我這個酒廊儘量附和這裡的法令，但是到這裡來的客人期望刺激，我們儘量要滿足他們，要兩方平衡也確是不容易的。我要靠客人諒解和替我們宣傳。」

「一定的。」

「你說來過是多久以前來著？」

「二、三個月以前。」

「我歡迎來過的朋友再來。當然歡迎來得更勤的客人。」

「我住在舊金山。」我說：「出差才來。」

「喔！這樣的。」他說：「你是做哪一行發財的？」

「辦公室保險箱。」我說。

他想了一下，在桌上用手指並著輕拍一下。「老天，」他說：「真是巧合。我辦公室那個老爺保險箱是已經太老連公司都倒了的。我們現鈔出入也很大，我早就想換個新的了。和客人做生意才是最愉快的事了。」

「謝謝你。」

他說：「我的辦公室在二樓。那後面帳台的背後有一個樓梯可以上樓。你能不能上去看一下那個保險箱？」

我說：「卡門回來找不到我怎麼辦？」

「喔！我來傳話給卡門好了。」

「不，我辦事要我自己來辦。我十分鐘後上來好嗎？我要先把卡門的電話號碼拿到才行。」

「我可以把她電話號碼給你的。」他說：「而且還可以在你打電話的時候，一定讓她在電話旁等你打過來。」

「謝了，但是我仍舊希望用自己的方法來辦——有情調，你知道的。」

侍者把酒拿來。我拿起酒來說：「乾杯。」不過我沒有真乾，只是在杯上稍飲了一點。

他想了一下，把椅子後推，把手又伸出來。「好吧，我十分鐘之後在樓上等你。你走樓梯上去。右面第一間辦公室，你自己進來好了。」

「謝了。我會去的。」

他的手指細長有力。他的微笑和藹可親。他說：「假如和卡門有什麼困難，找我就是。」

「謝了，不會有困難的。」

「那就好，唐諾，等會兒見。」

他開始走開，走了三步，用腳跟轉回身來，他說：「我要一個複雜的保險箱，好的一種。我準備用二千元買一個像樣的，應該夠了吧。」

「差不多。」我說。

「那就好。你上來看我，我給你看保險箱。我希望舊的作些價賣給你。不過那是個老東西。我不會多要你錢的。我是合理的人。」

「那可以。」

他走過去，走向那女領班，走向後面帳台，推開一扇門，上去。

我站起來慢步向後走向廚房。一位侍者說：「洗手間在那面左邊。」

我說：「謝謝。」仍照直走進了廚房。一位黑人廚師抬頭看我。我說：「朋友，我老婆從前面進來了。有後門嗎？」

「你不是想逃帳吧？」

「給你二十元說明不是逃帳。」

他把鈔票放進口袋，「這裡。」他說。

我跟了他經過一條狹窄的走道和一個有惡臭的廁所門口，走出一扇掛了只有工人才能進出的門。門外是排滿垃圾筒的後門小巷。

我對他說：「我不說，你不說，就沒人知道這件事。」

「我已經忘記了。」他說。

我走過巷子進入大街，走去我停車的地方。

第七章　醜聞案

午夜開車進入聖卡洛塔倒也不是壞事。夜晚氣候清涼，我把車停在一家二十四小時開門的餐廳門前，自己進去喝杯熱的巧克力。在餐廳的電話亭我打電話給蒙醫生的家裡。

電話響了十數下，一個半醒的女人聲音道：「哈囉。」

「蒙醫生公館嗎？」

「是的。」

「我有急事一定要立即和蒙醫生講話。」

「有沒試過他辦公室？」

「辦公室？」我奇怪地問。

「是的，我想你可以在辦公室找到他。在不到十二點時，他從辦公室打過電話給我，到現在還沒回來。」

「抱歉打擾你了。」我說：「我根本沒有考慮他可能在辦公室。」

女人已經睡意全消。她說：「沒關係，我懂得。你要不要留個話，萬一你在辦公室找不到他的話。」

「告訴他萬一我在辦公室找不到他，我在十五分鐘之後會打電話到家裡再找他。」我說：「真是謝謝你了。」

「沒關係。」她又說。

我掛上電話，開車來到蒙醫生診所。假如我是一個病人，蒙太太的聲音和態度，會使我成為他們終身的病人。

大樓上尚有燈光，電梯停在自動位置。我壓了去蒙醫生診所那一樓後，電梯自動上去。我在走道上走過去的時候診所裡沒聲音傳出來。但是診所磨砂玻璃門上有燈光射出。

我試試大門。門是鎖著的。我敲了好多次，然後聽到門裡另有一扇門打開及關閉。我聽到腳步聲自裡面走過來，門被打開，蒙醫生站在我前面。驚奇，狼狽之情出現在他臉上。內側辦公室的門緊緊的關在那裡。

我說：「醫生，抱歉打擾你了。不過出了一件十分意外而嚴重的事，我不得不來一次。」

他自肩上看窗下自己私人辦公室關著的門，有點手足無措。

我說：「沒有關係我們就在這裡談好了。」我向前走一步，低下聲音來說道：「今天下午發生的事，你知道了嗎？」

他猶豫一下，轉身道：「我看你進來再說吧。」

他走向他私人辦公室門口，轉動門把把門開條縫。

我看他辦公室的燈是亮著的。他說：「請吧。」

我走過去把門打開。

柯白莎坐在近窗一張大椅子裡。她抬頭看我，臉上現出驚訝。

我說：「你！」

蒙醫生隨我進來，把門在身後關上。

白莎說：「不錯，不錯，唐諾，你還真能亂鑽。」

「你在這裡多久啦？」我問。

蒙醫生走過來坐進他自己桌後的位置。「一團糟，」他說：「真是一團糟。」

我把眼睛注視白莎。「你告訴了他多少？」我問。

「我把情況解釋給他聽。」

我說：「好吧，大家先等一等，」我在這辦公室轉，看看掛圖後面摸摸辦公桌下面，查查書架。

蒙醫生問：「你在看什……」

我把手指豎在唇上以示噤聲，一面走向牆去。

柯白莎知道了我的意思，倒抽一口氣道：「老天，唐諾！」

我在完全查看這個辦公室前一句話也不說。我說：「目前雖然我看不到有，但並不表示沒有。這件事你們特別要小心。」我指向電話。

蒙醫生本想站起來，突然坐回下去。他對這種突發事件特別沒有適應能力。我問白莎：「生意談好了沒有？」

「是的。」她說，然後加上笑容又說：「對我們而言，目前很滿意，唐諾。」

「要說的都說完了是嗎？」

「是的。」

「好吧，」我說：「我們該走了。」

蒙醫生說：「我看我對你們還是不太瞭解。」

「醫生，我在十分鐘之後還會回到這裡來。」我說：「就麻煩你等我一下。」

「為什麼——可以，我可以等。」

我向白莎點點頭。

她奇怪地看向我，站將起來，伸隻手給蒙醫生，她說：「別擔心，一切會好轉的。」

「我倒希望也有你的信心。」

「沒關係的，我們會處理的，交給我們好了。」

我對蒙醫生說：「等十五分鐘噢。」帶了柯白莎就向走道走。在走道中兩個人沒有一個人開口說話。在電梯中我問：「你是怎麼來的？」

「租了輛車外帶駕駛。」

「我們在公司車裡談談。就在樓下。」

我們出門，在靜寂無人的人行道上走過。她把肥臀往公司車可憐的車座上一坐，彈簧發出嘎嘎的擠壓聲。我點火把車開向前二、三個街口，找到一家二十四小時營業的小吃店，把車停在門口，以免吸引太多的注意。

「你告訴了他些什麼？」我問。

「足夠使他瞭解我們已經控制全局。」

我問：「你把你租來的車子留在什麼地方？」

「在下一條街的街中。」她說：「駕駛也在那裡等。我叫他別在辦公室前門等的。」

我又把公司車點火。

「你不是要談一談嗎，唐諾？」她問。

「目前已沒有什麼好談的了，」我說：「有點炒完蛋了。」

「什麼東西炒完蛋了？」

「我去本來準備告訴他有一個證人看到一個男人離開那公寓房間。我本來不想告訴他這個男人是什麼人。他自己一定會知道這是什麼人的。」

「既然他會知道，為什麼不讓他知道我們知道了呢？」

「有法律上的不同，」我說：「我們在不知道情況下幫助他，而我們是私家偵探。他自然不必趴在地上告訴我們一切。但如果我們知道了，我們就是事後共犯。就這一點差別。我想你現在已經聽到他的故事了。」

「是的，」她說：「他特地去看她。他想知道誰派她去的，她發現了什麼，想看看能不能買通她。」

「見到她的時候她已經死了？」我問。

「他是這麼說的。」

「好吧，」我對白莎說。「這是你的車子，你自己開回去。本來我在早上七點半有一個約會吃早餐，我趕不上了。她現在在我的房屋出租公寓。第三十二號房。你帶她去吃早餐。拖她一點時間。叫她放棄那間住的房間，你替她隨便在那裡找個公寓住。照目前情況看來，她住在我那地方非常不妥。」

慢慢地，自以為是的心態自白莎身上溜走。她帶點害怕地說：「唐諾，你得和我一起回去。一定要一起回去。我控制不住那女孩子。她對你有情。你說什麼她都肯幹，而我不能——老天，唐諾，我真的不懂我自己為什麼會如此糊塗。」

「你現在明白這局勢了，是嗎？」我問。

「現在我明白了。」她說。

「我在這裡還有事做。」

「什麼事？」

我猛搖頭。我說：「解釋給你聽沒什麼好處。你知道越多，就講得越多。講得越多就使我們更變成事後共犯。其實，一開始什麼都不給你知道，會比現在好得多。我也曾經試過，但是你堅持要算你一份。」

她說：「唐諾，他很有錢。我拿了他一張支票，三千元！」

「我不在乎你拿的支票是多少，」我說：「你有麻煩了。萬一房間裡有錄音，你就死定了。把你和他的談話錄音帶上法庭給陪審團聽。你就會知道，執照馬上會吊銷、人立即會被關起來。我可不陪你。你自找的。」

我可以看到她怕了。她說：「唐諾，跟我一起回去。今晚這裡還有什麼事可以做？把公司車留下。你跟我一起回去。那輛車又溫暖，又舒適。早上你陪麗恩去吃早餐。你替她找一個好一點，安靜一點的公寓住。」

我說：「不行。替她找一個公寓，又在另一個地方找一間旅社房間。她每天一次去旅館房間拿信件及聽消息，其他時間她留在公寓裡。」

「為什麼？」白莎問。

我說：「她不能太容易隨找隨到。你自己也該想得到。在這城裡惡例與貪污已經有既定的體系。蒙醫生不會受賄。他一定要參選市長。萬一他當選他要革新政治，掃蕩邪惡。許多人不歡迎他。其中有人在警方。他們要把這件醜聞案挖出來，用兩種方法中任何一種來處理——叫他不參選，也可以在參選中途迫他退出。或者在他當選後用作緊箍咒迫他就範。這件事，他們偷偷摸摸地幹已經二個月了。然後他一下子走進謀殺案裡去了。他不敢報警，因為有人會問他跑到一個夜總會女侍家裡去幹什麼。他想得到她去橡景的事會被查出來的。他知道當地警方會把這件兇案羅織到他身上去的。他一定得溜掉。不巧的是，在走道上他被麗恩看到了。那是他倒楣。我們的工作是要警方想不到這件案子和聖卡洛塔搭上線，我們不能讓鄧麗恩見到蒙醫生。」

「這不會很困難。」白莎說。

我大笑。「還記得那個揍了我又把我趕出橡景的大個子嗎？」

「他怎麼啦？」她問。

我說：「他的名字叫海約翰。他是哈愛蓮的特別男朋友。他和那個藍洞經理是老友。他是聖卡洛塔便衣隊的隊長。你再研究一下。」

當她在研究那一點點消息時，我打開公司車車門。我說：「ＯＫ，這是你的車。開車吧，別忘了帶麗恩去吃早餐。另外還有件事。我告訴那女孩子要裝傻，她做得很好，因為她知道這樣對她有利。不過千萬別被騙。她是鄉下人，但她一點也不傻。她真是好女孩子。」

柯白莎把她左手放在我右臂上。「聽我說，跟我一起回去。白莎現在需要你。」

我說：「現在開始，隨時都可能有警車上面的照明燈來看一看我們是什麼人。你認為合適嗎？」

白莎說：「老天，不可以。」

她一下爬出公司車，有如車子已著火。她租來車子的司機把車開過來。自己自方向盤後走出來，繞過來替白莎把後車門打開。她給我最後請求的一眼，爬進租來的車去。她縮下坐位去，一時我看她既不巨大，也不強硬，也不是那麼不服輸。她看來是個累極了的八十幾歲肥女人。

我發動公司車，把車停在蒙醫生辦公室對面路旁，自己又走上去。

他在等我。

我說：「你知道太多了。我們也知道得太多了。我要和你談談，但是我不希望和你在這裡談。我們用你的車出去兜兜風。」

他一言不發把燈熄去，關上辦公室門，和我一起乘電梯下來。他的車就停在大樓的前面。

「我們到底要去哪裡？」他用一貫小心的語氣問。

「去我們能說話的地方。要是一個不讓人看見的地方。」

他很緊張，他說：「這裡有幾部警方無線電車，專查停在路邊的汽車。」

「那就不要停車好了。」

「我不會一面開車一面講話。」

「去你家如何？」我問。

他說：「那邊談話最好。」

「那就去你家，不會太打擾你太太吧？」

「沒關係，沒關係。不要緊的。可以去的。」他像放心了似的回答。

「你太太知不知道你現在的處境那麼糟？」我問。

「她什麼都知道。」

我說：「千萬別以為我乘機打聽你的私事，我想知道你太太的名字是不是薇安？」

他說：「是的。」

兩個人從此各不開口。他開車上主街，左轉，爬一個坡，進入一個高級住宅社區，這裡很多房子都是西班牙式的——白色灰泥牆和紅色屋頂，強烈地比照出青色的短灌木叢圍籬，在街燈不足的亮光下灌木叢幾乎變成了黑色。

就在我們車子轉入車道，要開進灰泥牆建築的車庫時，街燈熄了。蒙醫生把車燈熄掉，把引擎也熄了，他說：「好了，我們到了。」

我離開車子。蒙醫生帶路到開向一排樓梯的門。上面仍是一道門，我們開門進入通道。我在電話中聽到過的女人聲音說道：「查禮，是你嗎？」

「是的。」他說：「我帶了一個人回來。」

她說：「有個人打電話來，他說——」

「我知道，我把他帶回來了。」蒙醫生說：「賴先生，這裡來好嗎？」

他帶我到一間居住室。傢俱價格昂貴，但沒有暴發氣息。窗簾，地毯，裝飾，顏色配合得得體安靜。

那女人聲音說：「查禮，我先和你說幾句話好嗎？」

蒙醫生向我致歉，自己回到走道，走向上樓的樓梯。我可以聽到低聲的說話聲。他們談了四、五分鐘。然後我聽到她在要求蒙醫生什麼。她請求了不少次。他的回答簡短，十分客氣，但是堅決的反對。

步履聲又自樓梯下來，這次是兩個人下來。女人進房間來的時候我站了起來。蒙醫生在她後面半步。他說：「親愛的，我來介紹賴先生。賴先生，這是內人蒙太太。」

「太太」兩個字講得有點強調。

她保護自己的身材十分見效。她應該四十出頭了，但是行動非常輕巧。栗色的眼珠穩定而坦誠。我鞠躬道：「蒙太太，見到你是我的榮幸。」

她走向我伸出一隻手來。她穿了件深藍色家居服，配合她膚色十分得體，也遮掩了部分身材。一定是我的電話使她不安。起床，穿好衣服。我敢打賭，我打電話來的時候，她是已經睡著了的。

她說：「你請坐，賴先生。」

我坐下。

她和蒙醫生自己也坐了下來。蒙醫生顯得很神經。

蒙太太說：「賴先生，我知道你是個偵探。」

「沒錯。」

她的音調調節得很好，說來也好像並不費力。她全身並沒有任何緊張的樣子。蒙醫生說話給人的想法是字字小心，只怕不小心講錯了話。她的一身充滿了女人應有的安靜之美，而且自信心十足。

她對她丈夫說：「查禮，給我一支紙菸。」然後對我說：「你不必考慮你的說詞，賴先生，我一切都明白。」

我說：「好吧，我們可以談一談。」

蒙醫生給她一支菸，又給她點火。「賴，要不要來一支？」

我點頭。

蒙醫生把火柴搖熄，給我一支菸自己拿一支，用同一根火柴把兩個人的菸點著。他向她說：「柯太太曾經到我辦公室，賴先生沒有和她同來。他後來——」

「自己來的。」我替他結束。

蒙醫生頜首。

那女人以欣慰的眼光看向我。她說：「賴先生，你來說。」

我對蒙醫生說：「我認為柯白莎是一個人在說話。」

他又頜首。

我說：「柯白莎要使你瞭解你的處境危險，所以要你更多的錢，是嗎？」

「這——」他說：「可以這樣講。」

「好，」我說：「這是她的工作。這一段已經結束了。我的任務是真正的工作。公司分工，要把你自泥漿中拉出來的是我。我要你說真話。」

「你要我說什麼？」

「我要知道你已陷到多深了。我要知道我自己面對什麼？」

他向他太太看一眼。

她說：「我是果薇安。我們沒有小孩。我們沒有合法地結婚。不過真的十年前在墨西哥舉行過婚禮。」

我對蒙醫生說：「把離婚的事告訴我。」

「告訴你什麼？」

「全部。」我說。

他把指尖兜在一起，他說：「開始的時候，是我的太太林太太被捲入戰時社會關係改變熱情的漩渦，這種改變把傳統完全打垮。那時就有了戰時新娘，戰時嬰兒……」

我把手伸出，手掌對著他，給他一個交通信號使他停止。我對那女士說：「看來該由你來說。」

她極容易，很自然的說道：「我是林醫生的診所護士。我愛上了他，他根本無所覺。我決心不使他知道。我心甘情願讓亞美——林太太——有太太之名，更有太太之實。我自己只要一點小的安慰——我能在他身邊工作，暗暗的在心中愛他，永遠居於第二位。」

蒙醫生暗暗地頷首。

「我要為他服務。他要幫忙的地方有我在。我又年輕又痴心。我現在完全明白了，但二十一年前我自己不明白。橡景當時正日益繁榮，當時各方都有陣痛。外界新人不斷投入。錢多得沒到腳踝。正如查禮說的是個熱情的漩渦。亞美可真是全神投入了。她開始嗜酒，並成了年輕一代的領袖。那時的典型是前所未有的，以後也沒有了。所謂空前絕後、社會上以喝酒，打罵，喧鬧為習常。查禮不喜歡這一套。亞美樂此不倦。」

「亞美開始不正常交遊。醫生不知道，但他已厭倦她的作風。他告訴她他要離婚。她同意，不過要他以精神虐待為理由才行。他遞了狀。亞美的做法很卑鄙。她一向如此。她等我為醫生有事出差去舊金山的時候，遞了一狀說我是共同被告，顯然她認為用這個方法，醫生必須把他所有財產都交給她才行。如此她自己可以帶了錢去和她當時相好的男人去結婚。」

「有這麼個男人嗎？是誰？」我問。

她看向醫生徵求同意。

他點點頭。

她說：「鄧司迪，主編橡景舌鋒報的年輕小夥子。」

我露出驚訝之色，問她道：「他現在仍在主編嗎？」

「應該是吧，不會錯的。橡景的事我們不管太久了。我相信他仍在。最後一次消息，他的侄女在幫他辦這個報。」

蒙醫生又說：「就是那個侄女她在公寓房子走道上，面對面見到我的。」

我把菸灰撣入菸灰缸，我說：「說下去。」

「那個時候，」蒙太太稍帶回憶的苦情，平靜地說道：「我自己也沒有什麼主意，查禮也不知道我對他的心意。其實亞美也已不是真正的亞美。她的氣質，她的不合理生活方式，大量的酒，都使她自己迷失。」

「當她把我也算計在內提出訴訟時，查禮急急到舊金山解釋。我立即知道他的情況糟極了。橡景終究是小地方，一定謠言滿天飛了。正希望林太太離婚的人是報紙的發言人，只要這件案子中對查禮不利的部分，或是扭曲後對查禮不利的，他都大登特登。查禮匆匆去舊金山自然是最錯誤的行動。我們本該回橡景去好好地打一場指控對方污衊事實的官司，不過就在這個時候，發生——」她漸漸地不能發聲了。

蒙醫生簡單地說：「我發現了一件事。當亞美縱情在聲色犬馬的時候，我對她產生了厭惡，事實上心中愛上了薇安。我是到了舊金山才自己發現這事實的。自此之後，我自然不能回去，把她拖進這一堆爛泥巴裡去任由人來指責——那時我們兩人深深互愛。我們但求能在一起。我們尚年輕，我們可以重新再來過。也許我當時年幼不懂事，但是據現在看來，一切都是值得的。」

「我打電話給亞美，問她到底想要什麼。她的回答極為簡單。她要我所有的一切。她還我自由，只要我自己掃地出門。將來我重起爐灶，她都不管我。我當時有些旅行支票，幾千元私房錢，她不知道的。我留下些錢本來為的是橡景發展太快了，怕有一天不景氣會發生。」

「此後又如何？」我問。

他說：「這些事實也許包括了一切了。我相信了她的話。她說她會辦好離婚。她同意我改名再開始，在離婚確定後我能和薇安結婚。我也接受了她一切條件。」

「你知道不知道到底發生什麼了？」我問。

「不知道，」他說：「我知道亞美和司迪發生了爭執，她離開了橡景，從此失蹤。」

「你自己為什麼不在別的地方不聲不響辦這件離婚案呢。」

「她找到了我，」他說：「我收到一封她的信，她說永不會讓我和薇安過正式的夫妻生活，只要我想結婚，她會立即出面干涉。我如果想辦離婚，她會出面製造糾紛——到那個時候，由於我在這裡已造成和薇安的同居關係，麻煩就大了，她更予取予求了——何況在這裡又將是醜聞。」

「她是知道你在哪裡的？」

「當然。」

「看來你是應該不顧一切，一定要辦妥離婚以便再婚的。」

「我不能呀，賴先生。在那時我在這裡高級居民當中的保守份子中已經受到尊敬，有些聲望了。萬一給人知道我們住在一起而沒有經過正常的結婚儀式，一切都完了。」

「此後又如何？」我問。

「日子一天一天過去。」他說：「我們不再有她信息。我想知道她在哪裡，沒有辦法知道。我想像要不是她死了，就是她辦妥了離婚又再嫁了。一過十年，我和薇安偷偷去了趟墨西哥結了婚。我認為這次結婚儀式在必要時可以多少給她一些保障。」

「好了。」我說：「說說這件事的政治背景吧。」

蒙醫生說：「這個城是個充滿希望的好地方。但我們的警察風紀極壞。市政腐敗到極點。我們很富有，生意好做，旅客非常多。來到這裡的旅遊者都吃各種制度的虧。市民已經不肯再忍受了。大家想清除這些壞官。我自己也有些心願。所以聯絡了好幾個民眾的團體。他們支持我來競選市長。我認為這件醜聞案已經過去了，我就同意參選了。」

「此後又如何呢？」

「突然晴天霹靂，我收到她一封信。信中說到除非我肯和她妥協，否則休想參選。她說事情到最後關頭，她會出面把我一切都破壞殆盡。她會控告我遺棄。說我不管原配糟糠的死活——雖然我根本並沒有如此做。我已經把我自己……」

「查禮，」蒙太太插嘴道：「一再的重述已經說過了的，對這件事無濟於事的。賴先生要的是事實。」

「事實麼，就是她寫了這封信。」他說。

「她有條件嗎？」我問。

「她沒有提條件。」

我一面抽這支菸的最後幾口，一面仔細在想，等我把菸弄熄掉，我說：「她有沒有留下你可以找她的地址？」

「沒有。」

「目的是什麼呢？」

「第一，她要我退出競選。」

「你沒有退出？」

「沒有。」

「為什麼？」

「來不及退出了。」他說：「就在快接到她的信之前，支持對方的地方報紙開始一連串地發表文章，暗示已經有人在調查我的過去。我的朋友堅持要我控告這家報紙，把我投入了非常矛盾的局面。」

「對這封信，」我說：「你能絕對相信是你以前太太親自的手筆嗎？」

「沒錯。」他說：「當然是有一些改變的地方，這也是正常的。二十年了，一個人的筆跡自然有些改變的。不過沒有問題，是她的筆跡。我自己也曾經仔細對過她的筆跡。」

「這些信，都在哪裡？」我問。

「都在這裡。」他說。

「我要這些信。」我說。

他看向他太太。她點點頭。他站起來說道：「要請你等幾分鐘。我告退一下。」

我聽到他的腳步聲慢慢爬上樓梯，我轉向蒙太太。她一直瞪著我在看我。

「你能幫什麼忙？」她問。

「我還不知道。」我說：「我們會盡一切努力的。」

「盡力也不見得有用。」

「你說得對。」我承認。

「假如我自這局面裡消失，」她問：「會不會好一點？」

我沉思了一下，我說：「一點好處也沒有。」

「繼續並肩作戰？」

「是的。」

她說：「我已經不在乎自己怎麼樣了。但是這件事對查禮來說關係太大了。」

「我也知道。」

「當然，」她說：「目前全民不知道真相，我們把真相公佈，有感情的民眾……」

「提也甭提，」我說：「目前的問題不是感情作用，不是醜聞案件，不是婚外情。他所面對的是謀殺案。」

「我懂了。」她連眼睛都沒有眨一下。

我說：「據我知道，哈愛蓮是被一個叫海約翰的人送到橡景去的。」

她兩眼空空沒有特別表情。她說：「你是說刑事組的海警官？」

「是的。」

「憑什麼有這種想法？」

「他自己也到過橡景，還揍過我，把我趕出城去。」

「為什麼？」

我說：「這就是我想不通的地方。假如我能想透了他為什麼要這樣對我，也許我們就有了對付他的武器了。」

她皺眉想著，「這件事對查禮太不公平了。他熱誠為公，目前是用他的工作態度在抑制自己，以後會發生什麼，我真的無可預計。」

我說：「你也不必太擔憂，把這件事交給我好了。」

樓梯上又響起腳步聲。蒙醫生帶了兩封信進來。其中一封是二十一年前寫在舊金山畢克莫旅社的信紙上。另一封信是兩週之前寄自洛杉磯的。顯然兩信出自同一人手筆。

我說：「醫生，那個時候，你有沒有試著和她在畢克莫旅社聯絡。」

「有。」他說：「我寫過一封回信。信退了回來，說是沒有這樣一個人住過店。」

我詳細地研究了一下那封信。我問：「她娘家姓什麼？」

「賽，賽亞美。」

「還有父母活著嗎？」

「沒有，連親戚都沒有。是東部一位姨母把她帶大的。十七歲時她姨母也死了。自此之後，世上她再也沒有親戚了。」

「我想在這第一封信之後，你也沒有真正的想找她。」

「我沒請偵探去找她。」他說：「假如這是你想要的回答。我向信紙上的旅社去信。當信退回來的時候，我想她只是用這旅社的信紙寫信而已。她原意也不希望我找到她。」

「在那個時候，」我說：「她並沒有理由要躲躲藏藏。事情的主控權在她，她是始終知道的。她也不想再來分你的錢。她只是不讓薇安安穩地成為正式的蒙太太。」

「那麼她為什麼不讓我知道什麼地方可以找到她？」他問。

我研究他問的這個問題，我說：「因為她自身有缺點在，她在做的事假如被你知道，主控權就失掉了。給你抓住小辮子了。我們偵查的目的，也就在這裡。」

蒙太太立即有了希望，她說：「查禮，他可能是對的。」

蒙醫生說：「我相信她什麼都做得出來。她後來非常自私又神經。她希望別人都順著她。沒有男人服侍她，她也不會快樂的。她要有動作，她要不尋常。她……」

「我懂這一類的女人。」我說：「我們不談這個。」

「她自私，詭計多端，心理不平衡。」他說：「你不能相信她一點點，否則就上死了她的當。」

我站起來。我說：「兩封信交給我。這裡有沒有夜車可以去舊金山的？」

「這時候已經沒有了。」他說。

「公路巴士呢？」我問。

「應該還有一班。」

「我已經開了一天車了。」我說：「信可以拿走？」

「不會弄丟吧？」

「不會。」

蒙太太走過來，以充滿信心的神情在握手時壓了我一下。「你帶來的是壞消息，」她說：「但是我對你有信心。你在辦案時不要考慮我的因素。我要你保護蒙醫生。我已經終身無憾了。婚姻哪比得上真正的互相愛護。我心中一直感到我已經和醫生正式結婚。即使今後有醜聞，我們互相擁有過。賴先生，那件謀殺案——你一定要辦好它，放在第一優先。」

「是的。」我說：「第一優先。」

第八章　人魚酒吧的女侍

到了星期六的下午相當晚，我才在舊金山找到我想要的消息。我在找的女人曾經在一個海灘的夜遊場所做過女侍應生。她確曾住過畢克莫旅社，不過用的是娘家原名賽亞美。到了星期天我找到了以前開那家遊樂場所的「押到底」老雷。他得到這個別號，因為每次玩骰子遊戲，他都大叫「押到底」，不被吃掉本金決不回收的。

老雷是標準的過氣英勇人物。近年來添加了太多的肥肉，兩鬢也都是白髮了，目前他最愛好的是抽抽雪茄，喝點老酒，談談當年之勇了。

「你是年輕後輩，」他說：「你不知道舊金山是全世界第一大都市，什麼巴黎，什麼——都不能比。」

老雷坐在酒吧一角上，我用白莎給我的零用金供他喝酒。我想我要用計程車費來報帳，不過他已經有一點語焉不清了。

他又說：「並不是由於這兒大開四門歡迎所有人進來。是由於它容納得下所有人進來。那是舊金山真正的精神。各人不管別人的事，因為他有自己的事要照拂。那是城市的態度，居民的態度。碼頭上都是船。和東方有很大的貿易。什麼人也不會關心小眉小眼的事。大家都往大處著眼。

「現在的世界一切不同了，舊金山已不像從前。大街上天天警笛亂鳴，警車橫衝直撞，別以為真有動亂，警察不過是在抓流鶯，而且你走進大的旅社，只要有門路，總有幾間房間裡面有撲克賭局。他們可不是賭小的天然金塊，他們賭籌碼，他即使贏了，總有人變成給你一張欠條。你走到碼頭，一點也沒有以前的氣氛，原來的景物，原本的浪漫……都不見了——」

我說：「老雷，你的杯子空了——嗨，酒保……來。」

酒保把他酒杯添滿，老雷試飲一下：「頂不錯的東西。」

「你在碼頭區開過一個人魚酒吧是嗎？」我問。

「當然，當然，那是好日子。你說你叫什麼名字來著？」

「唐諾，賴唐諾。」

「喔，沒有錯。這樣，賴，我告訴你，假如世界上每一人都像我一樣，創造就業機會，給人工作，給人薪水，每個人就有錢出去玩。為了要玩就更努力工作。因為他有工作，就不會去設計別人，找不法的錢用。那些日子，正當可賺的錢滿腳踝。每個肯工作的人都賺錢。現在不同囉！金錢不能流通。好像一錢如命，找錢用的人亂跑終日也找不到人有錢。知道有人有錢時，他們不去借——去搶。我現在想起人魚酒吧時代——」

「你記性真好，」我說：「呀，我現在想起來了，有人說過，有個人魚酒吧替你工作過的女人得到了一百萬的遺產？」

他驚奇地直起他的背。「一百萬？替我工作過的一個女人？」

「嗯，嗯。她是個女侍應生，就在人魚酒吧。好像姓賽。」

「姓賽的！」他把兩眼盯直地說：「老天，我有一個替我工作的女孩姓賽，但是她沒有什麼一百萬，也沒一毛遺產。至少我從來也沒有聽到過。姓賽的——賽。沒錯，那亞美是姓賽的，沒錯，賽亞美。」

「也許是在離開你之後才取到的遺產。」我說。

「那有可能。」他說。

「她現在在哪裡呢？你知道嗎？」

「不知道。」

「有什麼地方我可以找到她嗎？」

「不知道。這些女孩到處跑，聚聚又散散。那個時候，整個城市以我這裡女孩子最漂亮。拿今天來看，女孩子的腿都不美。也許腿型適合了時代，但是稱不上美腿。這種現代化的腿不值男孩為她付錢。腿不但要美，還要有氣質。我記得在我們那時候……」

「以前為你服務過的女人，你還有有聯絡的嗎？」我問。

「沒有了。」他說：「以前也實在太多了。來來去去。不過不久之前我還遇到過一個女孩子，叫做瑪蒂的，她在一九二〇年和我在一起。那時候她才是小娃兒。十八、十九歲吧，奇怪的是，一直到今天她也不見得有一點老的樣子。」

「她在哪裡呢？」

「電影院賣票。真的很有格調。我仔細看她很久，我說；『我看你很臉熟。你媽媽的名字是不是瑪蒂？』她看我一下，她說：『我是瑪蒂。』當時我差點暈了。她結婚了，她告訴我她有個十歲的孩子。當然那些戲院的售票票房燈光，都做得讓售票小姐看來美麗一些。但是我告訴你，老兄呀——你說你姓什麼來著？」

「賴，賴唐諾。」

「沒錯。我告訴你，賴。那個女孩看來一點點也沒有老。就像當初在我那裡工作時一樣。再說大腿吧——那才是真真的格調。老兄，要是我現在有瑪蒂那種女人十個，再開一個當初那種人魚酒吧——唉，也不會有用，時代不同了。這裡不是玩這一手的地方了。現在的人只會算計別人的財物。大家都不肯到這種地方來花錢了。」

「你說的那家電影院在哪裡？」我問。

「喔，就在市場街，雙峰旅社下去二、三家。」

「她長成什麼樣的？」我問。

「就像圖畫一樣美麗。」他說：「她的頭髮本來沒有那麼紅。原本是近褐色的。

她的皮膚有如水蜜桃加奶油。眼珠清藍清藍的。老天，那女孩看起來一副天真相。至於大腿嘛，老兄，你說你姓什麼來著？」

「賴，賴唐諾。」

「是的，是的。我老了。老是忘記。不過你也姓得真怪。我現在記名字不像以前記得那麼清楚。不過你這個人沒有什麼特點。記得以前，所有和我交往的人都有不同的特點。我……」

我看看手錶。「我要趕火車。」我說：「能見到你真高興。我離開的話你不會介意吧？——嗨，來人，給我帳單……老雷，你喝你自己的。你把酒喝完它。我抱歉我得走了。本來麼，像你說的，人就是聚聚散散。」

他還在囉囉嗦嗦，我趕緊和他握手，匆匆出門。臨出門回頭一看，他又已經拖住了一個人，手中拿著我買給他的最後一杯酒，在說當初這個城市是如何的好。

電影院這時候是空閒時間。我把一張二十元鈔票推進拱形的窗口，把自己嘴巴儘可能接近窗口上小圓孔。

裡面的女人高高坐在高腳凳上，左手分放一隻零錢機，用故意裂開大大的嘴，笑著問我：「幾張？先生。」我看她大概不到三十歲的樣子。

我說：「一張也不要。」

她愣了一下，笑容自臉上消失。「你是說一張？」她問。

「我說一張也不要。」

她把手自鈔票上收回，臉又繃緊一些，「什麼意思？」

「我要買足值二十元的消息。」我說。

「哪一方面的？」

「有關以前你在人魚酒吧裡工作時候的。」

她說：「我從來沒有在什麼酒吧工作過。」

我說：「也不是什麼大不了的消息。」

「看來你和老雷是認識的。」她說：「老雷看來就是大嘴巴。我從來也沒有在他的地方工作過，他以為我有，任誰到這裡來，我總是敷衍著的。」

我用手指把二十元的鈔票輕輕地向前送又拉回來，一次又一次。「二十元對你有用處嗎？」

「當然有用——你要什麼消息？」

「絕不會對你有傷害的。」我說：「有一個人，叫賽亞美。記得她嗎？」

她把長長修剪過的手指伸過來，把尖尖有指甲油染得紅紅的指甲尖點在那二十元鈔票上。她說：「記得。」

「記得有多清楚？」

「我對那時的她相當瞭解。」

「那時她住哪裡？」

「當時住過畢克莫旅社。她和馬富璐同住一個房間。姓馬的女人當時是私酒集團的聯絡人。她們兩個人感情最好。」

「賽亞美現在在哪裡？」

「我不知道，已太久不見了。」

「賽亞美有沒有和你提起過她的過去？」

她點點頭。

「怎麼樣？」

「不知哪裡的一個小城，她個人的進步快過那小城。她丈夫吃不住她，要和她離婚。她棋高一著，把所有財產都取了過來，遠走高飛了。她身邊可有不少錢。不過怎麼來怎麼去，又貼給什麼男人了。」

「和那個男人結了婚嗎？」

「我看不見得。」

「而你不知道她現在在哪裡？」

「不知道。」

「馬富璐如何？還有來往嗎？」

「三年之前見過她一次。在街上見到她……在洛杉磯。」

「她在做什麼？」

「什麼夜總會的女侍應生。」

「你有沒有問她有關賽亞美的事？」

「沒。」

「你有沒有什麼特別想法，使我可以找到賽亞美？她會得到一大票的錢——假如她有辦法證明她和以前的丈夫從來沒有真正地離成婚的話。」

她把眼睛瞇成兩條縫。「我想她根本就沒有離什麼婚。她只是離家出走。她的丈夫先和情婦出走的。是亞美告訴我的。我想男人是自作自受。她損失不大，那城是個小城，反正也困不住她。」

「她有沒有說起後來她丈夫在哪裡？又在做什麼事？」

「沒有，她應該是不知道她丈夫去向的。他和他情婦是私奔的。」

我說：「好吧，一切謝了。」我把手指自鈔票上移走。

她說：「朋友，我告訴你，我的事你要保密。我結婚已經十二年了。我丈夫在結婚的時候以為我純潔得才在幼稚園混呢。」

「我知道。」我說：「向你保證。」

「謝了。」她說：「你幫個忙。你是很慷慨，但是假如被別人看到我藏二十元起來，別人以為我揩油呢。幫忙幫到底，你向前靠幾步。把窗口遮起來，好嗎？」

我聽話向前半步。我的雙肩正好把窄的窗口遮住。我看到她把鈔票自上抹下去，用手一折，塞進絲襪裡去。

「謝了。」她說。

我說：「老雷說的沒有錯。」

「什麼？」

「他說他要是再有瑪蒂這樣美腿的人為他工作，他可以東山再起。」

我看到她臉紅了。但是她大笑，高興。想說什麼，她又停下來。這時候一個買票的過來，她臉上立即露出笑容，藍眼也張大了，自我肩頭看向我後面。

我自窗口讓位。

從我住的旅社，我打電話給橡景的皇家旅社，找到櫃檯職員。「林太太定的眼鏡現在怎麼樣了？」我問：「到了沒有？不是說你會送給我的嗎？」

「喔，賴先生，」他說：「我也正在納悶。後來一直沒有送來。我以為你們自己已經把它取回去了。」

我說：「謝了。我只要知道這一點就好了。」我掛上電話。

到了早上，我僱了一個女孩，用電話打給舊金山每一位眼科醫生，配鏡師，眼鏡公司，問他們有沒有代一位橡景皇家旅社林吉梅太太或是賽亞美女士配過眼鏡。我叫那女孩不論有無消息，一定要打電話給我偵探社報告結果。我爬上一班夜行巴士，躺在座位上一路睡到聖卡洛塔。睡得很補。

當時我是把公司車停在離巴士站兩條街的一個停車場裡的。我把取車票交給車場值班。他拿到票走進了辦公室。

「車子什麼時候停進來的？」他問。

我告訴他。

「要等一、二分鐘。」他說。

我看到他走到一間玻璃隔間之後，在電話上撥了一個號碼。他出來時，我說：「對不起老兄，能不能快一點，我有點急事要辦。」

「馬上來。」他說。

他看一眼我的票子，跑步離開。我站在停車場門口等。

一、二分鐘後他出來說：「你的車子不懂為什麼發動不起來。是不是舊的電池沒有電了？」

我說：「不會。我想我電池不會沒有電。假如沒有電，也一定是停車場的人停進去之後沒有關燈。」

他說：「沒關係。我們負一切責任。萬一真有這種事我們會借一個電池給你，把你的充電，有空再來換回去，不過你得填張表格。」

我說：「你買一個新電池給我好了，我以後不會再到這裡來，我也不喜歡填什麼表格。」

他說：「請等一下。」自顧走回停車場裡面去。

我跟在他後面。

公司車在後面的一角。值班人爬進去，撥弄著要發動引擎。

我說：「老兄，等一下，我聽起來不像是沒有電。不過你不斷的打火。真會把電池打沒電的。」

「馬達發動不起來。」

我說：「告訴我停車費是多少。讓我來發動這部車好了。你把阻風器拉一拉，可能有用。」

他順從地笑一笑，又開始打火，這次打著了。

我說：「多少錢？我這裡付你。」

他說：「我要看一下登記簿。」

「別管什麼勞什子簿子了。」我說：「這是兩塊錢。應該夠了吧。簿子上怎麼記我不管。我要走了。」

他自口袋中拿出一塊抹布，開始替我擦方向盤。「你的擋風玻璃也需要擦一下了。」他說。

我說：「別管擋風玻璃了。你給我快點出來，我可以上路。」

他試一下油門，自車門向後望望。我說：「到底你要不要這兩塊錢？」

「當然要，不過你等一下，我給你一張收據。」

「我不要什麼收據。我要車。我要走。」

他自車座裡出來，站在車旁。我說：「你擋在這裡，我怎麼上車？」

「抱歉。」他說。但是沒有行動。

一輛車子高速自入口處闖進來。我看向值班的臉，他說：「ＯＫ，」自己移向一邊。

那輛車。直向後面衝來，一打橫，把車道全阻住了。我看清楚這是一輛警車。車門打開，出來的是海約翰。他架起雙肘，一副公事派頭，向我們走過來。值班的說：

「我去給你打收據。」立即想離開現場。

海約翰站到我前面。「你不聽話，一定要自己把頭伸出來挨宰，嗯。」

我對值班的說。「你別走。這件事我需要一個證人。」

值班的說：「我抱歉。我不能離開前面太久——那裡有收銀機，還有其他的事。」

他一溜煙的離開現場，連一下也不回顧。

海約翰向前一步，我退進車後角上。「你自己找的。」他說。

我把手伸進上裝左脅去。

他突然停下來，他說：「你要幹什麼？」

「拿筆記本，」我說：「拿鋼筆。」

「我有對你說過健康很重要，」他說：「你總是不聽話。」

「有沒有聽到過綁票犯什麼罪？」我問。

他大笑，他說：「當然我聽過。我還聽過不少其他的犯罪處分方法。想不想給你一間牢房睡睡？」

「你關我起來，我自己有辦法出來，我出來之後就有你好受的。」

他說：「你以為你出得來？」

「這我知道。」我說：「別以為我沒有準備敢來你的地方。」

他仔細看著我，右手伸向褲後。他說：「我認為這是一輛贓車。再說兩天前在公路上一個人被車撞死，開車的逃掉了。我認為這輛車和證人說的車很相像。」

「想點別的罪名出來。」我說。

「一個像你身材的人最近常在街上非禮女人。」

他慢慢向前，突然他把槍掏出指向我。

我慢慢把放在上衣內的手退出來。他大笑道：「我只是防止你做傻事而已。」

他向前二步，伸手拍摸著我的上衣，他又笑了。「唬人，嗯？」

他把我轉過來。確定我身上沒有武器。把槍收回口袋，把我轉回來，抓住我領帶。「你知道我們這裡怎樣對付自以為是的人嗎？」他問。

「把他放在刑事組，」我說：「叫他去欺侮老百姓，有一天出了事，就叫他自己面對大陪審團。」

「千萬別被自己聰明誤了。」他說：「我才不會被叫到大陪審團去呢。」

他用右掌掌根托著我鼻子。左手抓住領口的領結。把我壓在牆上。他說：「撞人逃逸案，我是有一個目擊證人的。證人說的車子樣子簡直就是你的車子沒錯。你準備怎麼辦？」

他用整隻毛手壓我鼻子。

我含糊地說：「把你的手拿開！」我自己也覺得聲音不像我自己的聲音。

他大笑，壓得更緊一點。我在掉淚。

我用盡全力揮出右拳。我的手比他的手短了二吋。一拳出去也離開他前胸二吋。

他把左手放掉，就用左手把我銬起。他放開右手，用右手抓住我上衣後領，把我轉得背向車場的外方，他自己站我對面。

他說：「你開你的車，走在我車子的前面，直接開向警察局去。千萬別耍什麼花樣，不然就要你好看。我告訴你，我已經正式逮捕你了。」

我說：「可以，我們一起去警察局。你給我聽著。那個橡景旅社的職員看到你把我弄下樓來的。別以為我是傻子。在我離開橡景之前，我找過聯邦調查局。他們自我房間裡門把上。和我車子方向盤上採到了指紋。他們尚不知道這是什麼人的指紋。我可以告訴他們的。」

我看得出我嚇住了他。他站著沒有動。他把抓住我領子的手放下，他看著我臉道：「你也真會嚇人，你裝著要掏槍的姿態不錯。其實憑那種姿態，我可以一槍打死你的。」

我說：「那才是嚇唬小孩子。這不過是一種心理測驗，我認為你心虛，現在證明你心虛。」

他臉都發紫了。兩隻手把拳握緊。想一想還是沒有採取行動。他說：「我再給你一次機會，這裡實在不是你的地段。你回你自己地方去，不要在這裡鬼混，再在聖卡洛塔混，保證你混進牢裡去。沒有你的好處。」

我說：「我的嘴巴也會講話的。我講了話，就坐不了牢。」

他把我推進我公司車。「滾吧，聰明人，」他說：「快點走。直接回洛杉磯。下次你再要在這個市區裡出現，準給你好看，懂了嗎？」

「沒有啦？」我問。

「沒事了。」他走向他警車，把警車後退，一路退出去。到了街心，一個急轉彎，自管走了。

我把自鼻子裡掉落下來的血用手帕擦掉，把車開到停車場辦公室門口，看到值班的正假裝摸東摸西忙得不得了。我調整一下領帶說道：「我改變主意了，我來拿收據。」

他看起來神經得很。「沒關係，不拿也可以走。」

「但是我要一張。」

他猶豫了一下，打了張收據，簽了一個字。我看一下收據，小心地放進口袋。

「謝了。」我說：「我要的是你的簽字。說不定有一天我們會再見面的。」

我一心一意向市外跑，一面極小心不要超速。速度錶始終保持每小時十五哩。車子也只用二擋在走，一路走出市界。

回到洛杉磯，白莎仍在她的辦公室裡。她說：「老天，你到底死去哪裡了？」

「忙著工作。」

「你千萬別再犯這種錯誤。」

「什麼？」

「溜在外面，我找也找不到。」

「我在忙，本來也不希望你來打擾。有什麼事？」

她說：「天都快塌下來了。我不知怎麼辦才好，你的鼻子怎麼搞的？都腫起來了。」

我說：「給一個人壓的。」

白莎正經地看著我，她說：「你是個小不點，不過你亂竄竄得夠快。是個可以造就的人。我認識一個日本人會教人空手道。你要想靠這一行吃飯，學點技擊可能有用的。」

「同意。」我說：「天為什麼要塌下來？」

她說：「我和鄧麗恩談過了。」

「又怎麼樣？」

「她和副地方檢察官每天有一次會談。」

「報紙上都沒有談起她呀。」

「沒有，顯然是還沒有準備好——不過也快了。」

「有什麼特別的？」

「他們已經給她洗腦，洗得她現在完全確定那個她見到的男人，是從哈愛蓮房間裡出來的。」

「不過，這個男人並不是從那房間出來的，是嗎？」我問。

「就是麼。你去對她說。你我都知道，她並沒有看到那個男人是從哪間房間出來的。她看到他時，他其實在走道上。她根本不知道他從哪一間房出來。」

「不過她現在知道了，是嗎？」

柯白莎說：「是的，她以為她知道。」

「就這點小事呀。」我問。

「不止，當麗恩在和副地檢會談的時候，有一個電話轉進來，那是聖卡洛塔警察總局來的長途電話。顯然他們雙方已經認為這件案子有聖卡洛塔的地緣關係。現在地方檢察官已經在籌組一個雙邊會報了。」

我點上一支菸，柯白莎坐在她辦公桌後看著我。她說：「你該懂得吧，唐諾。他們漸漸準備把我們的人推出到表面來了。麗恩會指認他，一切就完蛋。我們快要沒有辦法補救了。我們要動作快了。」

「我的動作已經快了。」我說。

「知道了些什麼？」

「不多。我有信或者電報嗎？」

「有。有一封從舊金山來的電報，電報說你指定的時間之內，沒有一家舊金山的眼科醫師或是眼鏡店，曾經收到來自橡景的購單。我想你應該懂這是怎麼一回事吧。」

「我懂。」我說。

「怎麼回事？說給我聽聽。」

我說：「不過是拼圖遊戲中的一塊散片。整個圖還沒有成形。」

「到底怎麼回事？」

「林太太把眼鏡打破了——說起來是一個僕役把它打破的。她埋怨旅社。旅社決心賠她一副。她用電話定貨。」

「怎麼樣？」

「眼鏡沒有寄到，她就突然離開了。我告訴旅社職員眼鏡到了請他轉寄給我，我們來付錢。」

「我們來付錢！」

「是的。」

「好人，這什麼意思？」

「因為我要知道誰是她的眼科醫師。眼科掛號也要登記姓名地址的。要知道她用電話定貨，當然是常客才會有不附度數的配方。」

柯白莎看向我，一眨也不眨，蹙起眉頭：「唐諾。」她說：「你不會和我有相同的想法吧？」

「什麼想法？」

「這個電話根本沒有打去舊金山，而是打給聖卡洛塔的蒙醫師了。」

我說：「很早我就有過這種想法。這就是為什麼我想得到寄來的眼鏡，可以看發件地址。」

白莎讚許地說。「你是個聰明的小王八蛋，唐諾。你明察秋毫。可惜你不會打架。眼鏡到底也沒有來是嗎？」

「沒有來。」

柯白莎說。「只有一個可能，好人。那個收到電話要寄一副眼鏡給她的人知道她要離開了，不會等著用眼鏡了。所以不必寄了。」

我說：「麗恩在哪裡？」

「我們已經讓她住進一個很不錯的小公寓。他們對這件案子已經找到不少東西了。鄧麗恩是他們的關鍵證人。她記起當她推門進那房間時，早先被人自門縫下面塞進門去的晨報仍舊留在地下未被撿起。警察來的時候仍舊在本來位置。那就是說，謀殺她的人進門時她仍在床上睡覺。」

「還有什麼？」

「殺她的人是個男人。床頭的菸灰缸中有兩個菸頭。只有一個菸頭上有口紅印，所以警方認為殺死她的人在動手之前。還和她一起在床頭聊過天呢。他們認為兩個人有某種生意上的來往。因為不能稱他的心，他就殺了她。」

「還有什麼？」我問。

「有一張照片，本來是貼在她照髮鏡的後面的。被人帶走了。警方認為那照片本來是屬於一個高，黑，年輕男人，不留有小鬍子的。女傭人已經儘可能形容他是什麼樣子的了。」

「為什麼要拿走？」

「也許是因為兇手要來有用。我曾經試著研究過，極可能是兇手自己拿走自己的照片。這又使他們增加了一個嫌疑犯。」

「地檢處知道麗恩在哪裡吧？」

「噯，當然。他們嚴密地在監視著她。現在連她也飄飄然起來，認為自己重要了。」

「她多久去看地檢官一次？」

「她每天去一次。」

「我要和她談話。」

「她要和你談話。唐諾，連老天也不會知道你這種人怎麼會有女人緣。不過我看她們都喜歡你。你也喜歡她們。唐諾，對這個女人你可要小心點。她是炸葯。」

「你什麼意思她是炸葯？」

「她和那副地方檢察官實在太相好了。只要他給她一點鼓勵，她就什麼都會說的。」

「你是指我們的事？」

「是。」

「我認為她會對我們忠心的。」

「不是對我們，好人，是對你。」她說：「不過你得小心。也許那年輕的副地檢官會和你爭寵的。」

我說：「我要立即和鄧麗恩說話。她在哪？」

柯白莎給我一張紙條，上面有一家公寓地址。

「我們的朋友可以說擔心死了。只不過她對你十分有信心。唐諾，你去和她談談，對她有好處的。」

「對我也有好處，我現在去看她了。」

「要我一起去嗎？」

我說：「我就是不要你去。你最好替我們公司車換幾個新輪胎──再不然，替我們公司的輪胎換部新車──當然，舊的輪胎早就該丟掉了。」

她說：「會，會，我這就去換輪胎，不過唐諾，你千萬不要跑來跑去，跑到我白莎不知道你去哪裡了。我已經盡我能力使這一件案子不要跑掉，但是她對你的信心好像比對我的來得大。」

我站起來，把香菸在菸灰缸裡弄熄。「我出去的時候請你查一下，有一位馬富璐是不是在『藍洞』做過女招待。你去找到她，看她有沒有背後撐腰的。弄一間可以接近她的房間。」

「好的，唐諾，你見完麗恩後打個電話給我好嗎？」

我說：「看吧，這件案子我會費全部精力的。」

「這我知道，好人。但是時間越來越少了。攤牌已經是隨時的事了。事情一爆出來，我們的王先生就一切都完了。」

「你以為我不知道呀？」我說，走出門去。

卜愛茜自打字機方向抬起頭來問：「唐諾，你鼻子怎麼了？」

「我去找整容醫師整容。」我說：「老天，他動作太粗。」

第九章 目擊證人的證詞

我來到麗恩所租住的公寓的門口，在過去之前，我在店子前後左右仔細地觀察足足有十五分鐘之久。現在我的確滿意她並沒有被人監視。

麗恩在我敲門後出來開門。當她看到是什麼人時，她雙手抓住我手臂說：「喔，唐諾。能見到你太好了。」

我拍拍她的肩頭，用腳跟把門踢著關上，我說：「一切還好嗎？」

「好極了。」她說：「每個人對我都非常友善。有的時候使我感到沒有把真——你知道——告訴他們是不對的。那——」

我說：「千萬別提。你真正希望的是要那殺人兇犯得到報應，是嗎？」

「是的。」

「萬一你照——你知道——的告訴了他們，一定會有一個賊律師在法庭上詰問得你昏頭轉向，最後還要把謀殺罪扣在你的身上呢。」

「但是他們不可能這樣得逞。我一點動機也沒有。」

「我知道。」我說：「也許他們不能使人相信你是兇手，但是兇手可以脫罪，是他們的目的。坐下來，我要和你談談。」

「你去哪裡了？」她問：「我好想你。柯太太變得很生氣，要知道她依靠你成習慣了。沒有你，她不知怎麼辦了。」

我說：「麗恩，進行得如何了。他們有沒有給你看什麼照片，使你可以指認就是那個人的？」

「沒有。他們一直在找她有什麼男朋友。那副地檢官顏先生認為他在未來二十四小時內可以把整案完全偵破。」

「那就好。麗恩，仔細想想，你見到那個男人的時候，到底他的真正位置在哪裡？是在走道上？向你走過來？」

「不是，不是，不是在走道上，他正好自公寓房間走出來。他正把身後的房間關起來。」

「你的意思是走道尾端幾個房間當中的一個？」

「不，我是指三〇九號房間。就是後來發現屍體的那一間。這一點，應該一點問題也沒有。我自己曾經一遍一遍仔細回想過。」

「你有沒有給地檢處一張白紙黑字的簽字證詞書。」

「他們在準備。大概要我今天下午去簽。」

我說：「麗恩，過來，我要和你談談。」我拍拍我椅子的扶手，她走過來，在扶手上坐下。我把手自她腰後圍過，握著她的手。「能幫我一個忙嗎？」我問。

她說：「什麼都肯。」

我說：「這個忙不容易幫。」

她說：「對你有好處，我就幹。」

我說：「你要很有手段才能完成，而且要堅持到底。還要能隨機應變。」

「說說看。」

我說：「今天下午你見到副地檢官的時候，你告訴他，你又想起一件事來了。」

「什麼事？」

「當你第一次去那公寓的時候，在你走進會見經理之前，正當你在泊車的時候，你見到一個男人自公寓出來。那個男人六呎高，寬肩，身材很雄厚，黑眉灰眼珠，有點擠在一起分不開似的。由於臉上肉很多，所以更使眼睛湊在一起，看來十分明顯。臉是胖的就是了。在右頰有一粒黑痣，他的下巴有直的一條分裂線。長臂大手，他走路很快很快，有如在逃避什麼。」

「但是，唐諾，我沒見到這樣個人。事情又過了那麼久，我怎麼能再——」

「可以提的。」我中斷她的話說：「你對此事一直在用心想。你一直在腦海裡一次一次的畫面再生。你當初是注意過這個男人的，因為他似乎太匆忙了一點，幾乎在跑。一個大男人走路如此快，幾乎很少見到。不過發現哈愛蓮死在床上這件事使你太驚怕了。把許多本應想到的事弄忘了。你冷靜下來仔細一推敲，才又把這件事想到了。」

她說：「奇怪了，那副地方檢察官也是如此對我說的。」

我說：「當然，那是天經地義的。他們見過很多證人都是經由精神驚嚇的。他們知道證人要歇一歇，才會想起很多事來。」

她說：「我不想照你的方法去做。這是不對的。在地檢處，他們上下都對我那麼好。將來這種證詞是要上法庭的。你總不會要我去做偽證，是嗎？」

我說：「你還不明白呀，麗恩，你這樣對他們說了，我就可以有多一點的時間。在你沒有將所有事都想到之前，他們不會叫你在證詞書上簽字的。因為一旦你簽上字，辯方律師夠聰明的話，就有題目做了。他會先問你，你有沒有簽過一張證詞書，他有權問你內容如何。堅持要把原件呈庭。這就是為什麼地檢處要在你全部想清楚後，才叫你簽這張證詞書。」

「我說了那些話，他們會加在證詞裡，一起要我簽字的，是嗎？」

「不會。你不一定要簽字的，因為我所需要的時間只是他們把舊的已準備好的證詞書拋掉，另外準備一張新的，那些時間。如此而已。假如你今天下午簽了字，他們在今夜就宣佈全案偵破。但是如果你告訴他們這些鬼話，他們會在今天下午準備起草打字，明天才會叫你簽字。」

她還在猶豫。

我深深嘆口氣道：「算了。這本來也是太為難你了。我本來以為你會救一下我的急難的。我根本沒有仔細研究從你的立場，你會怎麼樣看。我再想其他方法好了。」

我站起來開始走向門去。我才走了兩步就聽到背後的快速行動聲。她的雙臂已經抱住我的頭頸。「不要，不要離開我。不要那樣不講理。我怎麼會拒絕你。我當然會給你辦妥。我幹了。」

我說：「我還怕你不是那種堅持到底的人。被人問得嚴厲一點，你會穿幫的。」

「亂講。」她說：「我真要說的話，我會說得完全逼真，沒有人會懷疑我的。顏先生喜歡我。我相信他非常非常地喜歡我。」

「你也喜歡他嗎？」我問。

「他人挺不錯的。」

我說：「麗恩，你能替我辦這件事，對我的幫忙實在太大了。」

「我什麼時候去做。」

「現在，」我說。「把一切放下，坐計程車去，直接去地檢官辦公室。告訴副地檢官你又想起一件事，把那個人形容給他聽。你說不知他要不要把這件事放在證詞書裡去。」

她說：「我這就去，不知你要不要跟我去？」

「不行，整件事我只能在幕後，千萬不能提起我。」

她走向梳妝台，把自己頭髮整理一下。抹了點粉，抹一下口紅，她說：「我這就去走一趟，我回來時，你在這裡等我好嗎？」

「好的。」

「那邊有一些新的雜誌。你……」

「都不必了，」我說。「我只想睡一下。」

「好，唐諾，你的鼻子怎麼搞的？好像在滴血。」

我自口袋摸出一塊乾淨的手帕。「受傷了，」我說：「每一、二小時偶爾會流點血。」

「我看它腫了起來，又紅……好像很痛。」

「紅腫都有，看來像很痛，是因為真的很痛。」

她大笑道。「你這個人一定很不得人緣。一下黑眼圈，一下又是腫鼻子。」

她戴上一頂帽子，帽子像一大堆花插在頭的一側，又穿上一件外衣。

我說：「要不要叫部計程車，這裡有電話嗎？」

「電話是有，不過在大路上可以攔到車子。」

「還是用電話好，這樣你下樓就有車坐。」

她用電話叫了一部計程車，我拖了一張矮凳擱腳，把自己縮進那張大的椅子準備小睡一下。

「你先準備一下。」我說：「你準備怎麼做。」

「怎麼啦？」她問：「你怎麼說，我就怎麼講嘛。」

「你不會半路撤退，不會搞混了，一旦他們仔細問你，你不會說是別人叫你這樣說的吧？不會把我咬進去吧？」

「不會，絕對不會。」

「怎麼能那樣確定呢？」

「因為我想說謊的時候，任誰都看不出來。」

「有過經驗嗎？」我問。

「很多。」

「那些都只是小把戲。」我說：「這一個可是瞞天大謊。這次你是在向一個有經驗的律師說謊。」

她說：「不是，顏先生什麼都會相信我的。就因為如此，我才有點猶豫，他什麼都會信任我的。我說什麼他都相信不疑。唐諾，我認為他在喜歡我。」

我說：「也許他人不錯。不過他是個檢察官。一旦你引起了他的疑心，他追究起來絕對是嚴格的。你說說看，見了他你怎麼說。」

「第一次我走進房子去的時候，我看到另外一個人走出來。以前我沒有認為這件事重要過，現在我一再回想後，發現這件事也許重要——當時這件事曾經引起過我的注意。」

「那個人長得什麼樣的？」

「是個寬肩的大個子，身體很厚。像掃把一樣的黑眉毛。兩隻眼睛湊得很近。下巴上有一道直的裂痕。有一面的面頰上有一顆痣，大概是在右面。」

「當初為什麼引起過你的疑心？」

「疑心倒不至於，注意到倒是真的。當初他有一些不正常。後來我發現了屍體，一緊張什麼都忘了。這兩天漸漸地又把事情想清楚了。」

「你當時不知道樓上會有謀殺案？」

「當然不知道！」

「你注意到他什麼呢？」

「走路的樣子。他是個大個子，他走得太快，像是在跑。他又一直向後看。反正給我的感覺他有點在怕。他看我的樣子又怪怪的。有點要起雞皮疙瘩的感覺。」

「你以前為什麼從來沒有提起過他？」

她兩隻眼睛睜得大大的，無辜地看向我。

「我不是說過了嗎，顏先生。我看到那個屍體，緊張得什麼都忘了。」

我說：「你還可以加上一句，他們問話你更緊張了。」

她笑向我說：「他知道我不緊張。」

「是不是你一直在用美色迷惑他？」

她用眼睛看向自己珊瑚色的指甲尖。慢慢地說：「他一直在用男性的騎士風度要保護我。我也很依賴他。他喜歡我。我也覺得他不錯。」

我說：「好吧，你的計程車應該已經在樓下了。你回來的時候把我叫醒。不論發生什麼事，直接回到這裡來。你這次去他那裡，時間要越短越好。」

「一定。」她保證說。

我把眼睛閉上，心情放鬆。我聽到她在室內移動，儘量不弄出聲音來。過了一下，我聽到大門開開又關上。

我醒了一、二次，只是為了把姿勢調整一下。過不多久，我的手臂夾在椅子把手上，我太倦了，沒有理會。

她回來的時候，我沒有聽到鑰匙開門的聲音。我只感到她雙手按在椅子把手上，然後說道：「小可憐！你一定是累過頭了。」

我把眼睛睜開，光線太亮，我又閉上雙眼。我把腳自矮凳取下。我感到她又軟又冷的手指摸上我額頭，把我亂髮整理一下。我把雙眼打開，我聽到自己含糊地在問：

「你弄成了嗎？」

「成了。」

我伸手去握她的手，把她手放在我手裡。

「怎麼樣？」我問：「他相信了嗎？」

「當然。他們都信了。我照你告訴我的告訴他們。你對我沒有信心。我知道辦得妥的。我說話大家都信。」

「外面情況如何？」我問：「牽連到聖卡洛塔的事有進展嗎？」

「有。」她說：「顏先生立即給聖卡洛塔打了電話，他說他們在等我書面的資料出來。書面資料還要一點時間。」

「你沒有聽到聖卡洛塔那邊說些什麼吧？」

「顯然什麼都沒有說。」她說：「顏先生只是把進展告訴他們。他也告訴我，這件案子可能有聖卡洛塔那一面的牽連。」

「他有沒有告訴你為什麼會牽連到聖卡洛塔呢？」

「沒有。」

「你認為他自己知道嗎？」

「我想他是知道的。這件事他和聖卡洛塔警方絕對是討論過的。」

我說：「那很好。不過，顏先生以前有什麼保護你的措施沒有？」

「保護我？」

「當然。」

「為什麼？為什麼保護我？」

「你不明白呀？」我說：「有人把哈愛蓮殺掉了。那是殘酷、無情的有計畫謀殺。警方什麼線索也沒有，只有你這個目擊證人提供資料給他們。當兇手感到壓力的時候，唯一的辦法當然是……」我看到她臉上的表情，我停下來。我說：「我奇怪顏先生為什麼沒有想到這一點？」

她有點恐懼地說：「我看他根本沒有想到這一點。」

我看看手錶。我說：「他現在一定會想到了。我去和他聯絡一下。你乖乖留在家裡。」

「我可以打電話給他。」她說。

「不要。」我說：「我就是不想你這樣做。你乖乖留在這裡不吭氣。我去見顏先生，和他談一談。我不管他人多好，不給你合適的保護，就是完全不對的——到底你給過他那麼多的線索。」

「你不說，我還真的不知道有那麼危險。」她說。

我說：「你留在這裡。什麼也不要幹。答應我。在我回來之前不要出去。」

「我答應你。」她說。

我走向鏡子前，用口袋中的梳子整理一下頭髮，拿起帽子道：「記住，我沒回來前，絕不外出。」

我走出房子，到街角，走進一個雜貨店，打電話給警察總局，接通兇殺組。一個單聲調的聲音說：「兇殺組。」

我用很快的語調，我說：「我要告個密，假如有人知道我告密，我就不得了。別問我叫什麼。千萬別查從什麼地方打來的電話。」

電話對面的人說。「等一下，我找支筆。」

我說：「不要當我是傻瓜。我叫你不要查這裡的電話號碼。要聽現在聽，否則我就掛了。你們的人在藍洞查案的時候，他們什麼都說了，只是沒有告訴你們一個灰眼珠的大個子，是一個臉上有顆痣的。有命令下來什麼人都不准提他。大家都不敢說。你們想破這案子，要找個裡面的女郎過來好好問一問，專門問一個問題，為什麼有人命令大家不可以提起這個人。」

我把電話掛上，離開那地方。我花了一個半小時在附近徘徊，目光不離開麗恩公寓的大門，一面猛吸紙菸，一面大大的用腦筋在仔細想。天色漸晚，街燈已經開亮。

我走回鄧麗恩的公寓。很激動地敲打她的房門。

她把門打開，她說：「喔，我真高興你回來了！我覺得一個人坐在這裡怕了起來。」

「你怕是應該的。」我說：「地檢處差點誤了大事。」

「怎麼說。」

「讓那個大個子逍遙在外。他現在成了本案的焦點了。他們又回到藍洞去查，他們發現那大個子是被殺那女郎的相好。」

她說：「但是我又沒有真的看見過他，是你造出來的。」

「也許你真的見了他了。」我說：「不過那個時候沒有留意。」

「沒有，我沒有見過這樣一個人。我絕對記不起見過這樣一個人。」

「他在那裡是不會錯的。他是本案的重要人物也不會錯的。據我所知，另外那個瘦子和本案毫無關係。他看起來也不像是個殺人的人，是嗎？」

「不像。一點也不像。這一點我和顏先生說過。那個人看起來有點憂心，不過很正經，也很受人尊重。我越想越覺得他受了驚嚇。」

「在你後來跑出那公寓的時候，」我說：「假如別人看到你，恐怕也是這個樣子。」

「我知道了。」她說：「我自己也想到過。」

「好吧，」我說：「我見過顏先生了。我把真話都告訴他了。我告訴他我是什麼人，在做什麼事，我為什麼對這案子有興趣。我告訴他我對你有興趣。他要我把你安置在一個安全的地方。」

「安全的地方？」

「是的，他們認為這個地方不安全。很多人知道你在這裡。他們又不願派警衛守護，那樣太引人注目了。他們喜歡你用別的名字，在別的地方躲起來。我告訴他們，我來負責。」

「什麼時候起？」她問。

「現在開始。」我說。

「我整理一下就可——」

「什麼也不動。」我說：「我會自己一個人回來整理。這件案子馬上要破了，一分鐘也不可以浪費。」

「不過唐諾。」她說：「你在這裡的時候，會發生什麼——」

「千萬別以為不可能。」我說：「你在這裡一分鐘就有一分鐘的危險。我來這裡時又闖紅燈，又超速。來吧，我們以後有的是時間整理東西。」

我握住她手時輕輕把她帶向門口。

「唐諾！我真的不知道我為什麼不能帶些隨身的東西。」

我說：「對不起，麗恩。要相信我，不要問問題，不要辯。這對我非常重要。」

她下決心道：「好，我們走。」

我們下樓，自後門走向小巷，走到我把公司車停著的地方。我尚還費了點時間使它發動起來。我直接開到我租房的地方。

「你坐在車上。」我說：「不要下車。我一分鐘就下來。」

我跑步進去，找到了艾太太。

「艾太太，我們又要那間房間了。」我說：「表妹的男朋友沒有接到。船延期到了。二、三天之內還來不了。」

「那男朋友的媽媽呢？」

「她也已經等二、三天了，不少親戚把她的客床都占住了。」

她說：「好吧，原來房間給她。你們要幾天？」

「四、五天吧。」

「先給我三元。」她說。

我把錢給她，取了收據。我出去帶麗恩。我說：「麗恩，又要讓你在這裡住一陣子了。我希望隨時可以看到你。」

「在這裡我感到很安全，唐諾。」她說：「一個人在大都市沒有親人，我覺得很寂寞。」

「我知道。」我說。

她說：「我喜歡在你回來的時候能多和你見面。我太寂寞了，會想你。」

我說：「我還有一些事要做，做好了我們出去看電影，吃晚飯。你餓不餓？」

「餓。」

「太棒了。」我說：「給我一個小時，我就回來。我們一起出去先吃飯，然後看戲。」

「我的東西怎麼樣？」她問。

我說。「我會回去把你所有東西裝在一個箱子裡。」

她說：「不要，不要這樣。以後我自己去弄。不過那邊有一件絲睡衣，一件長袍，一把牙刷，化妝箱、你要帶來，其他都不必動。就那些東西就可以了。」

我說：「那沒問題。把鑰匙給我。」

「我很想跟你去，我很想自己來收拾我的東西。」

「不太安全。麗恩。」我說：「你懂不懂，我答應顏先生，你的安全由我負責。萬一你有什麼不測，連他也要倒楣的。」

「好吧，那就算了。」她不情不願地說。

她把公寓鑰匙給我。我說：「一小時。再見囉。」

「再見。」她說。

我說：「你先看一下毛巾什麼的，有沒有少什麼東西。」

她說：「不會的。以前我住這裡就是喜歡什麼都不缺。我本來不想搬出去，柯太又堅持——」

我說：「好了，還是應該再看一下的。」

她去浴室看毛巾，我把她皮包塞進上衣裡。

「再見了。」我說。

我回到公司車前，爬進去，開車到麗恩租的公寓。我開門進去，把燈開起，看她皮包內容。皮包裡有粉餅，唇膏，三十七元現鈔，幾張名片，顯然是鄉下排字印出來的「鄧麗恩」。有一枝鉛筆，一本記事本，一塊手帕，一個鑰匙圈上面有一些鑰匙，想來都是在橡景的時候用的。

我把她皮包擲在地上。我把一隻椅子推翻，掀起一塊毛毯，把它摔到房間角上去。在房間門口，我自己一拳打向我已經痛得不得了的鼻子。

混蛋的鼻子——它不肯流血，整個下午它停停流流。現在我要它流，它竟不流。眼淚倒流了出來，而我的鼻子乾得像騙錢的油井。

我咬咬牙再來一次。這次我弄成了。血濺出來，我在公寓房裡走動，有幾滴一定要落在合宜的位置。我費了不少手腳才使它停止。總算搞定，我走向門口。

電話鈴嚇了我一跳。

我走出門去，把門關上，沒去管那定時在響的鈴聲。

我開車到一個我知道有電話的雜貨店。我買了一打手帕，走進電話亭，打電話給聖卡洛塔警察局。電話接通，我說：「我找海警官。」

「你什麼人？」

「洛杉磯兇殺組張探員。」我說。

「等一下。」

我等了足足一分鐘，一個接線小姐說：「張先生，海警官應該在你們辦公室呀，今天傍晚，你們的地檢官打電話來，他聽完電話就走了。」

我說：「謝了。想來他半路停下來吃東西了。我要見他。」我把電話掛上。

到目前為止，一切對我有利。

我掛電話給柯白莎。我說：「一切就緒了。坐著不要動。不要亂竄，不要找我，也不要知道我在幹什麼。」

「唐諾，你現在在幹什麼？」她問。

「我在炒蛋。」我說。

「千萬別把自己炒進去囉。你自己本來乾乾淨淨的，而你老往泥堆裡鑽。」

「現在我是獨斷獨行。」我說：「你不知者無罪。」

她說：「我已經感覺到知道太多了，頭痛了。」

我掛上電話。回到我租房的地方，敲麗恩的房間。

她來開門。

我說：「嗨，美女。機會來了。白莎放我一晚，我可以痛快地玩。我們出去玩。」

「我本來準備去拿你的東西的。我開車去你那公寓，有兩個人躲在那大門口指指點點。我只好等以後有機會再回去。」

她說：「唐諾，我皮包不見了。」

我過去，拖一把椅子把門虛掩地開著。「怎麼會？」我問。

她確定地說：「有人從這房裡把它拿出去了。」

「亂講。」

「一定有人幹了！」

「這裡一向十分乾淨。艾太太絕對不會讓有問題的住客……」

「我絕對清楚。離開公寓時在我手上。我也清楚，進這裡房間的時候它在我手上。」

我把嘴唇咂起來，吹了一下口哨。「那太不像話，你一定留在我公司車上，而我又停過十幾個地方。裡面有什麼？」

「我全部鈔票。」

「多少？」

「我全部財產。」

我說：「地檢處說過要我招呼你所有開支的。我可以先支給你用。」

她下決心地走向門口，把卡在門口的椅子一抽，把門一下推上。

我說：「不可以。你的名譽要緊。艾太太為這件事可以把你踢出去。她是見到風就是雨那一流的……」

鄧麗恩向我走來。「唐諾，你給我聽著。」她說：「我為你什麼事都肯幹。你愚弄我就像我是三歲的鄉下女郎。我即使是鄉下人，我也有一點點智慧。你以前對我不錯，我也喜歡你。我對你有信心，但你把我皮包偷了跑掉。」

「偷你皮包？」我說。

「皮包是你偷的。我知道你是偵探。我知道你現在在幹什麼，卻不要我知道。我知道你在利用我使案子走上你喜歡的路上去。也許為了破案。你以前很誠懇，今天整個下午你在騙我，我不喜歡。」

我揚起一側眉毛，「騙你？」我問。

「是的，騙我，」她說：「我甚至可以確定你沒有去地檢處。我認為你只在公寓四周遊蕩。」

「怎麼會這樣想的？」

「你對我說你超速。」她說。「但是你發動車子的時候引擎是冰冷的。你一定得用阻風器。又花了不少時間才發動起來。我也知道你沒有去見顏先生。為什麼我知道，你知道嗎？就在你回來之前五分鐘，顏先生有打電話給我。他問我能不能今天晚上十點到他辦公室去見他。他告訴我聖卡洛塔有些警官會到他辦公室來，他要我看些照片。他沒有提起你去過那裡，也沒有提起你編造出來的這些徹底謊言。

「這些都無所謂，我鄧麗恩算是相信過你。你給我信心，我照你的方法去玩。你偷我皮包，太過份了。你在這裡時皮包也在這裡，你一走，皮包就不見了，還要我說嗎？」

我一下坐在椅子裡開始大笑。

在她眼中有恨意。

「這有什麼好笑，根本不是好玩的事。」她說。

我說：「請你聽著，麗恩。我希望你再幫我一次忙。」

「我已經幫你太多忙了。」她說。

「這我知道。這件事你會更難完成，但我希望你幫忙。」

「什麼？」她問。

「相信我說過的每一句話。」

她說：「你是大都市偵探，你懂得比我多。你一定以為鄉下人閉塞，容易騙。要我相信你說過的每一句話，除非我是白痴。」

「假如你相信我，」我說：「出了任何差錯，我負一切刑責。假如你說知道我在說謊，你就自己把頭套進去。你懂了嗎？」

她臉上的恨意消失。有些猶豫。「你到底牽涉進去有多深？」她問。

我看著她雙眼說：「我要是知道就好了。」

她想了一想說：「好吧，不過這樣使我看來菜得很。就假如在這種情況下我們出去吃飯。我沒錢怎麼辦？」

我拿出皮夾把白莎的錢拿了一些給她。

「衣服沒有換的。」她說。

我說：「你去買，以後一、二天要的。還有鄧小姐，當我和地檢官在討論的時候，地檢官說今後的一、二天要是你看報紙的話，對你是不太好的。」

「為什麼？」她問。

「這個麼——他說今後一、二天報紙上會有關這件案子的消息。你要是看了報紙，在你心中會有偏見，對你將來作證有害無益。」

她用睜大、無辜、幼稚的眼光看向我。說道。「當然，顏先生說什麼我都照辦。假如他叫我不看報紙，我就不看報紙。」

「那很好。」我說：「我很感激你。」

「還有什麼顏先生要轉告我，要我辦的嗎？」

「目前我想不起還有什麼了。我——」

我的話被門上重重的敲門聲打斷。我走過去把門打開。艾太太在門口怒氣沖沖地看我。她什麼話也不說，只是把門推開，拖過一把椅子夾在門和門框當中。她自己轉身重重下樓。

鄧麗恩看向我，兩個人相對大笑出聲。

第十章　偷箱賊

我走進柯白莎公寓時已經快到午夜了。她說：「老天，你都去哪裡了。」

「在外面工作。」我說。「麗恩在哪裡？你知道嗎？」

「不知道，我電話找你四、五次了，我以為你和她出去了。」

「我是去看過她。」

「他奶奶的。」白莎說。

「怎麼啦？」

「你不在的時候。那小妮子什麼也不幹，只是拚命打電話，吵得愛茜什麼也不能幹。她也只有幾句話，你到哪裡去了？你什麼時候能回來？會不會有危險？我用我手上的鑽戒打賭，你回來的第一晚她會邀你去吃飯，看電影，而且一路把她的小手放在你那毛手裡。」

我說：「麗恩是個好孩子。」

「當然，她是個好孩子。」白莎道：「但是這並不表示她不會一夜之間腦子完全轉過來，對你不利。」

「沒錯。她和那個地檢處的律師已經有點意思了。」

白莎嘿我一下。「知道就好。」她說。

「知道啦。」

「不要相信那一套。其實我也是嚇你一下。她對你倒是真心真意的——你白痴！」

「好吧，」我說。「有什麼新消息嗎？那個馬富璐——你找到了嗎？」

白莎點點頭。「人家現在叫丁富璐。」她說：「她一直用馬富璐的名字。她現在住在楓葉旅社，包月的。她已經一星期沒有回去那房間了，不過我也在那旅社開了一個房間，已經遷過去了。」

「她有一個箱子嗎？」

「嗯哼。不過我已經遷進去了一個大箱子，不管她的箱子有多大，我的一定可以容得下她的。我已經研究出你想要幹什麼了。我的在旅社地下室，她的也在那裡。」

「那好極了。」我說：「我們就來客串一下偷箱賊。你是用什麼名字登記的？」

「柯白莎。」她說：「老娘坐不改姓，行不改名，其實我一點也看不出有改姓名的必要。再說也許會碰到熟人的。」

我說：「走吧，我們去偷箱子。我們另外要帶兩個裝滿舊衣服的箱子去。」

「為什麼？」

「你的箱子太大，我們要用衣服來塞住空間，免得她的箱子在裡面滾來滑去的。」

「為什麼不等明天去辦？」白莎問：「這時候幹這一手，不嫌晚嗎？」

「這時候可以溜得快。我們來給你自己發一封電報，電報一到，我們就有理由開溜——當然帶了你的箱子。」

白莎自桌上防潮菸盒取出一支紙菸，小心地裝上她的象牙菸嘴，她說。「唐諾，不告訴我理由，我不跟你亂跑了。」

「水可以載人，也可以淹人的。」我說。

「白莎要是不知道水是怎樣載人的，寧可淹死算了。」她說：「我要知道內情。」

我說：「等我們偷到箱子之後如何，那個時候我心裡才知道對不對。」

「不行。假如你想對了，反正沒差別，假如你想錯了，白莎可以早點去找一個好的地窖藏身。老實說，假如你錯了，白莎要把你推出去。一切你自找的，白莎沒有參與。」

我心不在焉地點點頭。

「說吧，」白莎道：「坐下來別拖時間了。把一切告訴我。否則——」

「否則如何？」我問。

白莎想了一下，很慢地說：「知道才怪，唐諾——可能我在你爛鼻子上再打一拳。我們在這件案情裡是患難與共的，可是白莎想知道身在何處，陷下去多深了。」

我說：「好吧，不過一切只是一個推理而已。」

「這不用多說了。我知道只是推理。也只可能是推理。不過我要知道你的推理。」

我說：「你且聽著——林太太和她先生二十一年前分手。林太太離開了橡景。橡景面臨空前的不景氣。整個城市後來在銀行裡的鈔票不再流通的時候死了。」

「這和本案有什麼關係？」柯白莎問。

我說：「簡單。林家來往的是年輕的一代。城市死寂後，年輕一代遷到別的城市謀生，活動。林太太最不會再去的地方是橡景。」

「好吧。」她說：「我不知道你說這些幹什麼，不過我讓你講下去。」

我說：「已經有二十一年了，全橡景沒有人想起林太太。突然，一個人出現了，來問東問西。二、三個禮拜之後，哈愛蓮來了，開始收集照片。你研究研究看，她要照片幹什麼？顯然的，她帶走了所有有林太太在上面的照片。」

柯白莎瞪著眼聽著。

「然後，」我說：「她回到城裡來，被謀殺了。」

「為了照片？」白莎問：「好人。不會吧？沒那麼重要呀。」

我說：「我去橡景時調查過。我到達後的二十四小時不到，一個聖卡洛塔的警察完全知道我的行動。他親臨寶地來收拾我，攆我出鎮。為什麼？」

「為了不要你在那裡呀！」

「但是為什麼不要我在那裡？」

「不要你得到消息。」

我搖搖頭道：「不對。為的是他知道林太太要回橡景來了。他希望林太太回來時我不在那裡。」

柯白莎噓噓呼呼地吸了幾秒鐘的菸，感到興趣地說：「唐諾，說不定你有點道理。」

「我知道這推理有點依據。」我說：「這傢伙健壯得很，不過也心虛得很。我經常有注意到人生的百態，大部分的人以為自己最怕的，也就是別人最怕的。其實每個人都另有所怕，不過這種心理現象百試百靈。所以才有『以其人之道』這句話。犯罪心理中有說，怕槍的人往往在無法解決問題時借力於槍。」

「說下去。」白莎道。

「林太太上場了，那是計算好時間按時登場的，絕非偶然。她自己打破眼鏡，或許是安排眼鏡被僕役打破。她說她另外叫配了一副，但是那一副始終沒有出現。為什麼？」

白莎道：「今晚我才告訴過你，那個給她配鏡的人，知道她不會留在那裡等到那眼鏡寄到的。」

我說：「不對，另外還可能有一種情況。」

「什麼？」白莎問。

「她根本沒有要再配眼鏡。」

柯白莎把眉頭蹙起。「我不懂——」

我說：「她想把離婚案撤銷。她知道她所有最親近的朋友都已離鎮而去；但是鎮裡多多少少尚有幾位見過她的人，或者說她應該認識的人。這些人隱隱還記得她當初活動在社交圈裡的面貌、儀態——當然是二十一年前的她。二十一年是一段很長的時間。」

白莎說：「你說這些空話幹什麼？」

「有她在裡面的相片一張也沒有了。」我說下去道：「沒有人能拿出相片來，對照以前的她是什麼樣子的了。再說，他們也沒有機會來對照。她進城，進旅社。什麼其他地方也沒去過。她登記林太太，所以旅社裡知道她是林太太。她不認識任何一個以前的朋友。為什麼？因為她把眼鏡弄破了，她什麼也看不清。她根本不必去看任何以前的朋友，也為了同一理由。她去見一個律師——一個從未見過她的律師——設法把以前提出的離婚案撤銷了。她讓我進去訪問她。希望訪問稿能見報，自己開溜了。

「白莎，你聽著。有一點特別重要。當林氏夫婦在鬧離婚的時候，混在裡面的第三者是舌鋒報的老闆，叫做鄧司迪的小夥子。那時鄧司迪很時髦，才三十五、六。他現在五十五、六了。他戴綠色透明壓舌帽，肥了不少，而且嚼菸草。

「我告訴你，我告訴林太太我是舌鋒報的記者。她甚至不知道有這樣一份報。她一句話也沒有問起鄧司迪。」

「這個時候鄧司迪到哪裡去了?」白莎問。

「他怕變成話柄,他溜了,溜去釣魚。她走了,他還沒有回來。」

白莎說:「他奶奶的。唐諾。你也許是對的。那是敲詐呀!」

「比敲詐嚴重得多。」我說:「林醫生開始想競選市長,重建市政,而這是個富饒,有人靠它大大弄鈔票的城市。林醫生初涉政治,太過天真,完全不知道他的對手必然強力反抗——挖根究柢,要挖出林醫生過去有什麼瘡疤。

「當然,第一步他們要看他做醫生是否合法。向這方向一調查,發現他把姓林改成姓蒙。當然他們開始調查林醫生。他們發現林醫生是在橡景執業的,他們去橡景調查。那就是第一個去橡景的男人。那個人在二個月之前去過橡景,自稱姓勞。」

柯白莎點點頭。

「一調查就得到那麼多把柄。」我繼續說:「但是他們無法確定林太太是否死了,或是到底林太太有沒有完成正式離婚手續。但是,想要把蒙醫生拖進醜聞,林太太必須出場。他們這時候可以有兩種做法。一種是叫她寫信給醫生,要他退出選戰。另一種是叫她出面招待記者——不是在聖卡洛塔,而是在橡景。

「你一猜就會知道這樣有什麼後果。在橡景招待記者,使這件事在表面看來毫無政治色彩。橡景的報紙仍舊可以刊出來,她已經找到她丈夫現在在聖卡洛塔。換名改姓,和他當時離婚案同一共同被告以夫婦之名生活在一起。橡景報紙也許在刊出之前,先要用電話問問聖卡洛塔的同行，作一個刊前的查證。聖卡洛塔報紙自然會讓橡景的報紙先刊載，然後以交換稿件名義跟著刊載。」

「但是，當你假冒記者在旅社裡出現在她面前時，她為什麼不告訴你這些事呢，唐諾？」

「因為她還沒有準備好。」我說：「那時她還沒預備正式好戲上場。那時還在準備階段。她要旅社的人先看看她，下次再出現時，大家會當她是林太太。」

「這樣說起來，你不認為她就是林太太？」

我搖搖頭。我說：「聖卡洛塔警局找過她，找不到。他們找到在舊金山和賽亞美同房而住的馬富璐。馬富璐後來叫丁富璐。之後，他們的調查就碰壁了。富璐知道些內情。除非他們絕對相信真的林太太不可能出現的，否則他們絕對不敢隨便弄一個女人來冒充一下。」

「不過有一個疑點，好人。」白莎道：「他們怎麼會知道這時候鄧司迪正好會出門去釣魚。他是最可能使這件事穿幫的人。」

我說：「這是一件他們不可能預測的事。事實上，他們根本不知道鄧司迪與林太太之間的事，因為這件事林太太沒有向富璐坦白過。當然，也可能林太太和富璐無所不談，只是富璐忘了那男人的名字。其實，她知道林太太有男朋友是事實，到底哪些人是她男朋友，則也不一定個個知道。」

柯白莎猛抽香菸，不出聲地在思考。

「還有一點。」我說：「蒙醫生最近接到一封信，自稱是來自他太太。他說這是她的筆跡。我比對過那最後一封信，我看是偽造的。」

柯白莎臉露笑容。「棒呀！」她說：「這不就結了。我們的工作只要證明她是假的林太太就完了。」

「證明那個人不是林太太有什麼用？」

「蒙醫生就清白了。我們責任了了。」

我說：「早先是可以的。現在不夠了。現在他們加在他身上的罪名是謀殺罪。除非我們能想到一個辦法破了這件案子，否則明天早上十點鐘，全案會爆發出來。」

柯白莎說：「好人，有你在，要麗恩怎麼辦，她都會照辦。你可以叫麗恩到時看那蒙醫生一眼，然後她說她見到的不是這個男人。」

「那該有多好。」我說。

「什麼意思？」

我說：「另外那一批人知道蒙醫生的一舉一動。現在這個時候，他們已經追索到他來到洛杉磯的一切行動了。他們完全知道那個人就是他，他們只在等有人出面指證。他們告訴地檢官這件案子有聖卡洛塔的地緣關係。地檢官沒有叫麗恩立即出面而要給她洗腦，要她確定那個人確是從三〇九室出來，而不是從附近的任何一個房間出來。他們現在要開始收緊繩索了。

「要知道，這是老套了。假如他們一得到這個消息，立即擲一張蒙醫生的照片叫鄧麗恩去指認，萬一麗恩說她不能確定，今後一輩子也無法改正這紀錄了。他們使出千古老套，慢慢磨，慢慢洗腦，沒有幾個像麗恩那種年紀的女孩子不會被他們套牢。而能堅定的說他不一定自三〇九出來的。」

「麗恩當時有些歇斯底里，景象會在回憶中模糊。他們把他們的主意充填進去，叫她講出來。他們當然已經查到她到這裡來，是由我們在招待她，他們假裝不予過問，也不來問你，威脅你要吊銷你執照。他們到最後的時候來一招，把我們逮捕，說我們是事後共犯就可以了。他們可以說我們在賄賂本案唯一證人，說我們打算賄使證人做偽證，說我們想為蒙醫生脫罪。我們倆都可能坐牢。」

自白莎眼色可以看出，她漸漸相信我沒有太唬她，不過她一點也不喜歡我給她的結果。過了一分鐘，她說：「好人，我們一定得想辦法。他奶奶的，我們用一切方法來證明林太太是假冒的。這至少可以使我們脫罪吧！」

「也許我們自己可以脫罪。不過我們的客戶怎麼辦？」

「為了免掉自己在德赫查比的女監關二十年，我寧可犧牲我們的客戶。」

我說：「不行，這不是職業倫理。我們要做的是自己不會去坐牢，我們的客戶得還清白，而且讓他參選聖卡洛塔的市長。你不是要生意嗎？有聖卡洛塔市市長給你推介信譽，不是名利都會跟著而來嗎？」

白莎想了一陣道：「你去舊金山是開公司車去的吧。」

「是的。」

「車子留在舊金山的吧？」

「是的。」

「今天早上去舊金山開回來的？」

「是的。」

「後來在聖卡洛塔有人揍破你鼻子？」

「是。」

「條子？」她問。

「是的。」

「是橡景那個威脅你的同一個人？」

「是的。」

「我不喜歡這件事，好人。」她說：「一個壞警察可以誣你一下，三年也洗不清。」

我笑笑，說：「是的。」

「有什麼好笑的？」

「我當然要笑。」我說：「戲法人人會變，只能他整我呀。聰明的老百姓也可以誣警察一口，看誰先吃虧。假如你一定要知道，目前海約翰警官是個大忙人，他忙著替自己辯護很多辯不清楚的事呢。」

「為什麼？」她疑心地問：「怎麼會這樣？」

「第一，」我說：「他經常去藍洞，和哈愛蓮有不少搞不清楚的關係。當他們想到要派個人去橡景做調查工作，搶先把所有有林太太在內的照片搜走，他們派了哈愛蓮出馬。

「當哈愛蓮被謀殺，警方開始調查哈愛蓮交友背景，海警官對藍洞的經理下很大的壓力。我不知他用的是什麼辦法，反正整個藍洞的小姐，大家都得到命令絕對不能提起海約翰這樣一個人。用如此大的力量想掩蓋一件事實，一旦蓋子炸開，後果會比不去掩蓋大得多。」

「蓋子炸開了沒有？」白莎問。

我點點頭。

白莎真心地看著我的臉。她說：「唐諾，還好打爛你鼻子的不是我。我相信有人整了你，你會古靈精怪地想出名堂整回來的。」

「那是一定的。」我有信心地說。

白莎說：「走吧，我們去偷那個箱子。」

「你先自己給自己拍封電報。」我說。

我們來到楓葉酒店。

站櫃的職員說：「柯太太，你好。」猶疑地看向我。

白莎笑向他道：「我兒子——在念軍校。」

職員說：「喔。」

我們走進柯白莎的房間，坐下來約十五分鐘。白莎自己拍給自己的電報來了。我們走下樓對職員講話。「壞消息，」白莎道：「我一定得趕早班機去東部了。請你把我箱子送到我房間來，我可以把東西裝起來。」

職員說：「僕役這時間都休息了。不過我會想辦法弄一個起來替你辦好的，柯太太。」

我說：「假如你能找到一個手推車，我自己可以把它推進電梯的。」

「地下室裡本來就有一架在。」他說。

白莎道：「我還得打開重新整理一下。我要整成一個託運，一個手提。唐諾，你有本領把它弄上來嗎？」

「當然，沒問題。」我說。

職員高高興興把地下室鑰匙交給我們。兩分鐘之內，我們找到一個箱子上面有個小牌寫著丁富璐名字。還有六〇二房號。

我們立即打開柯白莎寄存的大箱子，把富璐的小箱子裝進去。四周空間仍太多。我們用舊衣服、破報紙把它塞妥。我把箱子關上，裝上手推車，拖進電梯。三十分鐘後，我們招了輛計程車把我們和箱子帶到了聯合車站。我們為了不留痕蹤，又自車站另外包車到了白莎的公寓。

開電梯的小弟找來一台手推車把大箱子送進了白莎住的房間。我沒有辦法弄開小箱子的鎖，但是弄斷它的鉸鏈倒是輕而易舉的事。

小箱子裡只裝了一半內容的東西。一堆紙張，和用一條很牢靠的繩索捆著的一批文件。

我把繩索解開，白莎和我一起看那些文件。

這裡面有林氏夫婦的結婚證書，林醫生還在學校唸書時寫給後來是林太太的情書。有剪報，有林醫生一張照片，和新娘穿禮服時的照片。

林醫生當然和照片上的他有些不同，足足已經二十多年了，不過大致說來，還不像想像中該有的老態。想來是因為他生活正常，十多年來有人照拂的關係。

我仔細研究照片中穿了新娘禮服女人的臉蛋。柯白莎替我問出了我心中的一句話：「是不是你在旅社中見到的女人？」

我說：「不是的。」

「這不結了。」白莎說：「這下我們把他們小辮子逮到了。」

我說：「你又忘了『謀殺』這件小案子了。」

我們再看一堆文件裡下面有些什麼。我找到一些用西班牙文寫的東西。白莎問：「這些是什麼東西？」

我說：「我們來看看底下有沒有附帶條件的英譯欄。」我翻向後面。「看來像是墨西哥離婚判決書。」

是的，沒有錯。

「這對我們當事人有幫助嗎？」白莎問。

「不多，」我說：「有一段時間，墨西哥幾個州都有居住滿一天就可以代辦離婚的規定，而且還可以派代表來住滿一天也算。一大群律師都在那裡設一個辦事處，專替客戶辦離婚。我們國家高等法院對這種離婚前後如果發生了問題，詬病甚多。不過加州法院在這種墨西哥離婚一旦定讞後，仍准許雙方任何一方立即可以和他人結婚。這種例子太多了；所以當局也就不太管事，任由這種隨時可以告以重婚的家庭生存著。一般而言，法律上是不十分合法的，不過心理上彼此有依託，也不會被大家深究。」

白莎問：「好人，你想她為什麼事先去辦一張這種證書？」

我說：「她準備再婚，但是她不要林醫生知道這一次的婚姻。她想把把柄握在自己手裡。所以她去申請墨西哥的離婚。這一點我早該想到的，是我疏忽了。」

「你怎麼疏忽了，」白莎問：「為什麼早該想到？」

我說：「我做給你看。」我走向電話，接通電信局。告訴他們我要拍電報給加州在薩克拉曼多的人口動態統計局，電文是要問一個叫賽亞美的婚姻狀況。再要請問是否有賽亞美或林亞美的死亡登記。電報自電話費中扣錢。

我掛上電話，看到白莎在對我發笑。「看來我們另外有些線索了。」她說：「老天，唐諾。你還真能幹。」

我說：「你手上有沒有什麼偵探臨時僱員的名單？」

「有。」白莎說。

「好吧，弄兩個人來。告訴他們海約翰的長相，叫他們盯住這裡的警察總局，他從警察局出來，我要知道他去哪裡。」

「不會回聖卡洛塔去嗎？」白莎問。

「多半不會。」我說：「暫時還不會。」

白莎走去寫字檯拿出一本皮面本子。她說：「至少要一個小時，才能招他們到現場作業。」

「一小時太久了。」我告訴她：「找個能馬上趕去作業的人。你也可以自別的偵探社找一個人去，叫他們二十分鐘內要到警察總局的門外守候。」

白莎開始撥號。我走回箱子去。

白莎打完電話時，我也把箱子內容全部看完了。剩下來的是一些舊戲裝和舊海報。海報上的女人穿得很少。每張上有名字，「可愛的富璐」。

我仔細看海報上女人的面孔。「加上二十年和四十磅，」我說：「她就是我在橡景見到的女人。她自己說叫林吉梅太太。」

柯白莎什麼也沒有說。她走去小廚房取出一瓶白蘭地酒。我看一下酒瓶的日期，那是陳年的。

第十一章 接線生

一小時後，白莎才飲完她的第三杯，在倒第四杯的時候，電話響了。

白莎看向她的手錶，她說：「這才是有效的工作。一定是有一個人回報海約翰的行動了。」

她拿起電話，一本正經地說道：「我是柯白莎。請講。」

我聽不到電話對方在講什麼，不過我可看得到白莎臉上的表情。我看到她雙唇緊閉，眼睛越瞇越小。她說：「我自己不開車，這一點可以證明。」

接下來又是對方很久的說話，柯白莎不吭聲地聽著。她握電話的手，因為手指上有鑽石戒指，戒指不斷的閃光。她根本不看我。過了一下，她說。「告訴你，我一定要去查一下，才知道你所說的那段時間內，是我的哪一位作業員在用那輛車子。我私人認為其中有誤會……不過我現在不想去辦公室。我已經上床了。即使我去辦公室也不一定有用。我不一定找得到登記本。是我的秘書在管這種小事……不行，這個時候我不想去打擾她。絕對不可以。這件事沒那麼重要。百分之九十，那個證人是看錯了車牌號碼……可以，明天早上十點鐘……好吧，九點半。不能再早了……我有不少作業員。兩、三個有事在外——不行，我不能夠告訴你他們的名字，也不能告訴你他們在辦什麼案子，那是職業機密。我一定得到明天早上查過登記本，才能告訴你。在早上九點半之前，我絕對不可能和你聯絡的。」

她掛上電話，兩眼突然看向我，閃閃的眼光有如她手上的鑽石。

「唐諾，他們發動攻擊了。」

「什麼？」我問。

「聖卡洛塔要求這裡的警方協助。一件汽車肇事逃逸案子中，有一個證人聲稱看到車子號碼，那是我們公司車的。他們已經找到我們頭上來了。」

我說：「我想不到那傢伙誣人誣那麼快。」

她說：「好人，你要遭殃了。他們會吃定你的。白莎會站在你一邊，要盡力支持你。但是這件案子會在聖卡洛塔開庭。那是內定的。陪審團也都是他們選的。」

「車禍發生在什麼時候？」我問。

「前天。」

「那公司車泊在車場裡。」我說：「我有車場停車證。」

「警察去過了，也查過車子動向。車場的人說你放車十二小時後，進去把車開出去。你開車出去兩小時又回來泊車，說你緊張兮兮的。他不知道你姓名。他把你形容得很清楚。」

我說：「那大渾蛋威脅他說的。不過他不會得逞的。」

「可是，他已經得逞了。他——」

電話鈴又響起。柯白莎猶豫要不要接。她說：「又怎麼啦？」

她拿起電話，說道：「哈囉。」她沒有說自己是誰。

聽到對方說話，她態度全部放鬆了。她拿起鉛筆，在一疊紙上做筆記。她說：「等一下。」把話機摀住。

她說：「姓海的離開總局，我們的人跟蹤他到諾曼第街的一家公寓。那公寓名稱『西方』。姓海的進去。那是一家極高級的公寓，有看門守衛，進出的人一定經過詢問和通報。海約翰用了一個名字叫巴法侖，叫守衛通報四十三A。四十三A登記的是來自加州橡景的林亞美太太。我們怎麼辦？」

我說：「叫他在電話上等一下，讓我想想。這種現象，要不是要緊急商量一下，就是公事拜訪。他們已經在收緊繩索了。選舉日在後天。告訴你的作業員留在那裡，我們這就過去。」

柯白莎向電話中的對方說：「留在那裡，我們馬上來……等一下。」

她看向我問道：「萬一海約翰在我們到達前想離開，怎麼辦？」

「讓他走。」我說。

白莎對電話說：「讓他走好了。」她把電話掛上。

我拿起我帽子。柯白莎把自己勉強塞進大衣，看向桌上兩杯白蘭地酒。她拿起一杯，示意著我去拿另一杯。

我說：「這種好酒要是喝得很快，真是罪惡。」

白莎道：「放在外面浪費掉更罪惡。」

我們在酒杯上緣交換眼色，把琥珀色的潔純液體一飲而盡。

下樓時，在電梯中，白莎道：「我們每走一步就使自己陷得更深。我看我們都快淹死了。」

「現在撤退，一切也已經太晚了。」我說。

她說：「你是一個有腦筋的小渾蛋。不過和你在一起最大的危機，就是你不知道什麼時候適可而止。」

我沒有和她爭辯。我們叫了一輛計程車來到公司車泊車的地方。我們用公司車來到諾曼第街。白莎見到那作業員。他說：「我跟蹤的人已經走了。我聽你的指示讓他走了。」

我說：「沒關係。假如有一個女人——五十五歲左右，灰髮，黑眼珠，一百六十磅——出來的話，你跟著她。叫你的同事守住後門。萬一他看見這樣一個女人自後面出來，就讓他跟下去。」

「你說了就算。」他說。

他的同事說：「我沒開車來。」

「把我們公司車開過去。」我說：「停在你看得見後巷的地方。我覺得她會從後面出來。」

我對白莎說：「來，我們進去，去叫輛計程車。」

柯白莎看向我，半晌之後，她把自己的巨大肥軀自公司車中弄出來。我扶住她肘部，我們過街走向公寓裡去。

我說：「你一個人進去。向那警衛表示出一些你的高貴氣質。找出這裡現在所有的接線生們是什麼名字，都住在哪裡。」

「他們會起疑心的。」她說。

「玩得好就不會。你要找一個你姪子傾心的女朋友。聽說她在西方公寓當接線生，你要摸摸她的底。假如她人是規矩的，你要恭賀他們。你不會更改你遺囑中有關姪子的部分。萬一她不合理想，你就不會同意他們的婚禮。多閃動一下你有鑽戒的手指。把閃光閃進警衛的眼裡去。你一定得取到所有小姐的地址。」

「要來幹什麼？」她問。

我說：「用處麼，連我自己都還不能確定。」

柯白莎長嘆一聲，身子前仰，人也矮了二吋。「老天，唐諾，」她說：「你來替我工作，偶然我也會有一晚上睡得很甜。現在，我即使有機會可以躺到床上去，也不見得睡得著。」

我說：「完全照我告訴你的方法去做，說不定我們還有救。」

「這就是為什麼我即使有床，有機會，也不見得睡得著的原因。」

我說：「隨便你。」我轉過身子，揚長而去。

她站在公寓門口人行道上，雙眼冒火怒視著我。然後她一聲不響轉身，像個女皇似的大大方方走進公寓的大廳。她進去兩分鐘後我小心地經過公寓門外向裡窺望。她站在櫃檯前，她的手在玩一支墨水筆，她手指上的鑽石閃閃發光，白莎臉上有一種傲慢屈尊的神情，看來這件事辦得不錯。我只希望她的三字經不會出籠。

過不多久，一輛計程車開過來。柯白莎還在裡面和警衛聊天。計程車司機走出汽車走進公寓去。幾分鐘後柯白莎經過玻璃門，回到人行道上來。走起路來一搖一擺，正是她的老調。

計程車司機在一側，我在另一側，我們兩個幫她坐上計程車。

「夫人，去哪裡？」計程車司機問道。

「向前一直走。」我說：「慢慢開。」

我自己坐進車去。司機把計程錶扳倒開車前進。

「都有了嗎？」我問。

「當然，雕蟲小技。」

「先說說白天的接線生。」

「姓平，平菲達。克隆偉街一一九號。她八點上班，下午三點下班。是性感，但心地善良的女孩。下午班的接線生是個惹人厭的，不過效率高。平菲達不熟練，但是平易近人。警衛相信我姪子愛上的一定是姓平的，他說下午那一位不可能有人愛。」

「這倒好，」我說：「省了我們不少事。」

我把隔住計程車前面的透明塑膠打開一點，對司機說：「克隆偉街一一九號。」

柯白莎把自己靠在坐墊上，她說：「好人，我希望你自己知道你要做什麼。」

我說：「我也希望呀！」

她把頭轉過來一半，瞇著眼地看我。「你要是再把我搞進另外一個泥潭去，我保證把你頭擰下來。」

我什麼也不說。

街上已經沒有車，我們的計程車開得很快。

我們要去的地方是一幢公寓，每家的門鈴就在大門口。我找到姓平的，按門鈴。

我一面按門鈴一面對白莎說：「需要你來答話，她才會放我們進去。告訴她，你有事一定要見她，有錢可以賺的。在這時候非如此她不會讓一個男人——」對講機發出聲音，一個女人聲音道：「找什麼人？」聲音清楚，不像自夢中被叫醒。

柯白莎道：「我是柯白莎。我有件事一定得見你——有機會給你賺鈔票。一下子就可以。你放我進來，我講完就走。不用五分鐘。」

「是什麼賺錢機會？」

「在下面怎麼能講呢。不能公開的，但是你有錢可賺。」

上面說：「好吧，算你會說話。上來吧。」

「嗡」一下電鎖打開。我把門打開為白莎把門撐著。

自清涼的夜晚空氣進到屋裡，走道上充滿了各種味道。我們找到電梯，搖晃地上到四樓，自走道來到平菲達的公寓。有燈光自門上的通氣窗射出來，但是房門是關著而且鎖著的。

柯白莎敲在門上。

「什麼人？」聲音來自裡面。

「柯太太。」

聲音在裡面說：「我一定得先看你一下。」

門上鏈鎖打開，門向後打開三吋，足夠裡面一雙黑得發亮的眼珠自隙縫中望出來，看向白莎巨大的架構。白莎搖晃自己的手，使鑽石的閃光照向她的眼。平菲達把門上鏈鎖拉開，她說：「進來吧——喔！你怎麼沒有說還有一個男人跟著你。你為什麼不告訴我？」

柯白莎開航似地走進門去，她說：「那只是唐諾，不必管他。」

平菲達走向床頭，踢掉拖鞋，爬上床，把被單拉上來蓋好，她說：「你們自己找沒堆衣服的椅子坐。看來你們最好把窗也關上。」

說她頭髮是褐色的，就不夠亮，但是又絕對不是黑色的。她眼睛警覺，好奇，充滿生命活力。她能從沉睡中清醒過來，一如晨跑回來似的新鮮。她的臉不必補妝，仍舊可以到任何場合，一樣受人注目。她說：「好吧，說吧。」

我說：「我的姑媽才在西方公寓裡租了一個套房。」

「你姑媽叫什麼名字？」

「林亞美太太。」

「關我什麼事？」

我說：「我姑媽是個寡婦，她多的是錢，腦筋不好。有個男人想要騙光她的錢，正在逗著她玩。我想要阻止他。」

她看看我，沒有激動的意思。她說：「懂了。你是她親戚。你希望姑媽有一天走路，財產就都是你的。另一面她當然能樂就樂，要把錢全花掉。你不喜歡。這樣說對不對？」

「不。」我說：「不對的。我一毛錢也不要她的。我只是要使她知道自己在做什麼。即使她要嫁給那個人。我也不在乎。不過最近很明顯的他在敲詐她。他有了她什麼把柄，我不知道是什麼，極可能是很嚴重的一件事。我想他已經使她相信她可能被傳庭作一件什麼刑事案證人，或者，他可能被傳庭作證供出對她不利的事。不過我真的不知道是哪一件或哪一種刑事案。」

「要我幹什麼？」

「明天早上偷聽她的電話。」我說。

「絕對不可能！」

我說：「當她和那傢伙說話的時候，你順便聽著。假如他們在談情說愛，你不必告訴我。我立即不管這件事。不過，萬一他是抓住她什麼小毛病，或是談到一件刑事案，我希望我能知道。這件事裡你可以得到一百元獎金。」

「這樣做倒是可以的。」她說：「你怎麼保證我拿得到一百元？」

「因為你現在可以先拿到錢，所以你可以保證。我們寧願在你身上冒險，總比你在我們身上冒險好。」

她說：「我也不是白拿的，有人知道，我會被炒魷魚的。」

「絕對不會有人知道的。」我說。

「我怎麼做法？」

「當她用電話找那個男人時，你給我一個暗號。假如只是男女之間的應酬，我就不參與。假如是敲詐，我就會表明我的立場，我會說：『亞美姑媽，在你做任何事對付他的敲詐前，你一定要把一切詳情告訴我。』」

平菲達大笑，伸出一隻手說：「拿來。」

我對白莎說。「你給她一百元。」

白莎看來像喝了一大口的醋。打開皮包，數出一百元現鈔，把鈔票交給平菲達。

「當你給我暗示時，」我告訴平菲達：「不要使別人知道你見過我。」

她說：「假如你以為我那麼笨，我也應該告訴你一些事。這一件事，希望你我都不能亂講，我喜歡那一百元，不過我更愛我這一個工作。那個日班警衛一直在追我，我從來沒給他好臉色過。他正在找機會，看我會不會有什麼缺點可以控制我。」

我說：「沒問題。我明天一早會去看亞美姑媽。我出來的時候，會塞一張有號碼的字條給你。你有了消息，打那個電話可以找到我。假如他們的談話是綿綿情話，你就對我說我的打賭輸了。假如他們談的有刑案意味在內，你告訴我打賭由我贏。」

「ＯＫ，」她說：「你們出去時把窗開著。把電燈給關了。我好像還有四十分鐘可以睡一下。拜拜了。」

她把鈔票捲起，塞進枕頭裡去，自己睡了下去。

我把窗打開，把門也打開。柯白莎把電燈關上。我們走出走道，柯白莎說：「在這種時候，想出這樣一個怪招！唐諾，你要是肯接受一個飽經世故的女人給你建議，這女人不錯，你應該在別人動手之前，早早和這個女人結婚。」

我說。「這個時候出這種怪招！」

「現在我們又要做什麼？」她問。

我說：「我們回計程車去。我要回西方公寓去使那兩個作業員提高警覺，不要漏了什麼東西。你回你的公寓快去睡一下。我不會回辦公室去，怕他們會利用那車禍案子找我麻煩。你也不要回辦公室，因為你和他們有約會。你在九點半去西方公寓好了。我們要進去，去和那亞美姑媽聊一聊。」

「我們聊什麼？」白莎問。

「歌詞是知道的，唱什麼調還沒有決定。我會再研究一下。也許去守在她公寓門外，可以給我一些靈感。」

我們爬進計程車，告訴司機叫他送我去西方公寓，之後送白莎回家。

在路上，白莎說：「你認為她今晚會溜出去嗎，唐諾？」

「不會。連百分之一的機會也不會。但是千分之一我們也損失不起。」

「可也是真的，唉！」白莎道，把身子靠向坐墊的背。

司機把我們開到了西方公寓。我對白莎說再見，自己一個人跑去，和守在公寓前門的作業員一起坐在他車裡。

他是一個五十五歲的男子，藍眼珠，外面魚尾紋很多。天使的外表，但是肚子裡鬼點子之多，無論哪一個詭計多端的人，在他面前好像只是來自幼稚園的。他曾在政府機關做過十五年事。我聽他一直說故事說到東方初露曙光。西方公寓門前的棕櫚樹寬葉蒙上了金色鑲邊。反舌鳥開始在晨曦中唱歌。

我等於上了一堂有關吸毒、運毒、販毒、賭、娼的專題課程。我說：「不知你冷不冷，我是真想來杯咖啡。」

我看到他聽到咖啡兩字，就在嚥口水。

我說：「自這裡下去三條街。左轉兩條街就有一家二十四小時開門的餐廳。很小，但是咖啡不錯。由我來坐在車裡守著。你不必太匆忙。活動一下也好，要是她想溜，應該早就溜了。」

「你真好。」他說。

「沒什麼的。」

他爬出車子，在原地踏步使腿部的循環好一點。我在坐墊中坐坐舒服，仔細想著本案的一切過程。謀殺、刑事案、圈套和醜陋的政治。我看到東方金光燦爛。太陽升起來了，公寓的白泥牆閃著金色。

過不多久，反舌鳥不叫了。公寓房子裡各色人等在開始活動了，窗戶被關起，窗簾被拉上。

作業員回來了，他說：「我到了那裡想想，不如吃了早餐回來，如此你不必急著找人接我班。我以為不會等久的，哪知道那裡東西出來得很慢。」

我說：「沒關係的。你進來，休息一下。你再坐一個半小時，我有事要幹。」

我們兩人平排坐在車裡，觀看早晨漸漸活躍起來的人群。

七點一過，我跑到後巷去接替另外一位作業員，使他可以抽空出去吃早餐。他回來後，我自己步行到一個加油站，借用他們洗手間把自己整理一下。我走到那餐廳叫了咖啡、土司、火腿和蛋。然後我走回西方公寓門口去等柯白莎。

第十二章　舌鋒報偽記者

九點三十分柯白莎乘計程車在公寓門口下車。我看她憂心忡忡。她走過來對作業員說：「半個小時內會有人來接你班。下午五點鐘打電話給我，再看今晚要不要上班。」

他說：「謝了。」

白莎說：「我們在裡面的時候你可以洗洗手，她走不了的。」

作業員說：「謝了，我手乾淨得很。唐諾早上替我守了一陣。」

白莎轉頭看我，她說：「唐諾，看你有點像鬼。」

我什麼也懶得說。

白莎對作業員說：「你開車到後巷去，告訴另外那個人半小時後有接班會來，也叫他下午五點打電話給我。公司車留在前門口就可以。」

她再看向我。「還好嗎，好人？」

「還好，」我說：「有什麼新消息？」

她開始過街走向公寓前門。她避而不答我的問題。我說：「說呀！有什麼說什麼好了。」

「生命統計局有電報回來。」

「說什麼？」

「一九二二年二月，賽亞美和韋江結婚。沒有離婚紀錄。韋江和賽亞美都沒有死亡登記。唐諾，這樣的話，我們現在站在什麼樣一個位置呢？手裡又有什麼牌呢？」

「正好站在西方公寓正門的位置。」我說：「手裡是一手炮牌。」

「我們要對她說什麼呢？」

「這要看她反應如何？你讓我先來開口，你就順勢而上。我一面可以有機會多用點腦筋。今天大概是他們準備全力一擊的時候。今天經過大家缺德的嘴巴一喧嚷，當選舉開始時正好在高潮。蒙醫生連回手的餘力或機會也沒有。」

「吃過早餐了嗎？」白莎問。

「有。」

日班警衛向我們微笑。我經過他走去總機，一面和他點一個頭。平菲達小姐看向我，臉上一點表情也沒有。

「叫一下林太太好嗎？」我說：「告訴她她最忠心的姪子來了。請你把鈴聲降低到最小的程度，也許她在睡，我不想太打擾她。」

我看到菲達小姐臉上露出聽不懂的表情。「降低鈴聲，先生？」

「降到非常，非常，非常的小聲。」我說。

「我懂了。」她說。

警衛看我們一眼，轉頭辦其他的事去了。菲達在總機上東按西按，然後用嘴角向我說：「真打，假打？」

「不打。」我說。

她抬頭大聲向我說：「林太太叫你們直接自己上去。四十三號A，在四樓。」

我謝了她，柯白莎和我走進電梯。一個黑人管電梯的帶我們到四樓。西方公寓是一家高級出租住所，裝潢好。服務也是一流的。

我們走向四十三A，我敲門。

在門裡面我們立即聽到動作的聲音。我對白莎道：「他們決定今天發動是一定的。她已經起身了。可能她準備開車去聖卡洛塔，中午可以到。他們準備在傍晚公開這件事。」

房門打開。我在橡景見到的那個女人站在門內。她不明白地看向我，突然她認出我是什麼人。

我看清楚她並沒帶眼鏡。

「林太太，早安。」我熱誠地說：「你應該記得我。我是橡景舌鋒報的。有一位你的朋友海約翰告訴我，你有一樁故事想告訴我。」

她皺起眉頭說：「怎麼他會要在橡景發佈呢？你真的認識海警官嗎？」

「當然。」我說：「我們是老兄弟了。」

她猶豫地說：「那——你們進來吧。」

我說：「這位是柯白莎，林太太。」

柯白莎把她手上的鑽石又閃了兩下。林太太現在滿臉的笑容。「見到你很愉快，柯太太。請進請進。」

我們進去。我們把門關上，有一個彈簧鎖把門鎖住。我說：「詳細的內情我是不知道的。我知道我們要和聖卡洛塔的報紙同時發佈。」

「到底是什麼人派你們來的？」她問。

「怎麼啦？當然是老海呀。」我說：「他說你什麼都知道。」

「當然，當然。」她說：「你要原諒我，小心一點總是好的。事實是這樣的，前一段你是知道的，我丈夫拋棄我自己走了，把我無依無靠地留在橡景。」

「不是留給你不少產權嗎？」我問。

她快速地說：「小兒科。不夠我二年花的。而他和那賤人出走已經二十一年了。我一直在找尋他們。有一天被我找到了，你知道他們在哪裡快樂？」

「聖卡洛塔？」我問。

她說：「你怎麼知道，約翰告訴你的？」

「就是知道了而已。」我說。

「在聖卡洛塔沒錯，而且是蒙查禮醫生夫婦。他們倆無恥地生活在一起，以夫婦名義在高級社交界活動，更不要臉的是還想做什麼市長。你看，人心不古呀！」

我吹了一個口哨。

她說：「你要明白，我不是想報仇。我只是要討還公道。不要臉的人不可矇蔽所有的選民，萬一將來事情爆發出來，人家會說聖卡洛塔的選民不辨是非，沒有水準，選了一個這種人出來做市長。我相信我先生會自動在選舉前夕宣佈退出競選的。你要知道，只要他肯退出競選，當地的報紙就——和你的報紙，就不會再發佈這新聞。」

我說：「這我懂。老海都和我談過。我答應他，我最後是不是要發佈，完全由他通知我。」

她說：「當然，你們那面和選舉無關的，你可以自己作主。」

我說：「那就夠了。也是很好的題材。現在來談談那個去過橡景，最後被謀殺了的哈愛蓮。據我知道，她曾經為你工作過。她去找過你丈夫。」

那女人立即冷下臉來，充滿了狐疑。「約翰絕不會告訴你這些的。」她說。

「怎麼啦？有談到呀。」我說：「當然，不是那麼詳細。但是多次提到，再傻也是會猜出來的。」

「你說過你叫什麼名字來著？我忘記了。」她說。

「姓賴。」我說：「賴唐諾。」

她疑心越來越加重。她說：「約翰從來沒有提起過，在橡景他有報館裡工作的朋友。」

我大笑道：「他也一直不知道我是做什麼工作的。我和老海有多年交情。他也是最近才知道我吃哪一行飯的。」

她突然決定。她說：「約翰是不可能告訴你姓哈的女人的事。因為他自己根本不知道這件事。我這一生也沒見過這女人。」

「這一點你肯定嗎？」我問。

「當然，當然。」她說：「有問題嗎？」

我說：「這就奇怪了。因為那姓哈的女人是藍洞的一個表演小姐，而你自己在那裡做過女侍應生。」

她瞪著眼說不出話來。

我說：「我只是為了我們報紙要報導的事，求證一下。我不想亂寫一通，最後寫出牛頭不對馬嘴的新聞出來。」

她眼睛瞇成一條縫，她說：「你在說謊，你根本不認識海約翰。」

我輕鬆地笑出聲來。我說：「你認為什麼都好。老海和我臭氣相同，是一對寶，不會錯的。」我把兩隻手指做成剪刀狀在她眼前晃一晃。

她用低沉粗啞的聲音說道：「你給我出去。兩個一起滾！」

我拉過一張椅子自己坐下來，點頭對白莎示意道：「你也請坐。」

那女人說：「我說過要你們滾！」

我說：「你給我坐下來，安靜些，我們有話要問你。」

「你們是什麼人？」她說。

我說：「我們是偵探。」

她突然坐下，有如她的膝蓋突然無力，看向我的臉也顯出無助的表情。

我說：「馬富璐，追蹤你真是又花時間，又乏味。不過我們已經完全弄清楚了。你在舊金山和亞美同住一間房間。你對她的一生十分瞭解，她和韋江結婚之後，她的文件一直由你保管，也許是她留一個箱子由你保管，也許是你根本就是偷了她的東西占為己有。」

「亂講！」她說。

我說：「最近，聖卡洛塔的政治集團想要找到林太太。那裡面有不少錢在。他們找到你。你找不到林亞美。也許因為她死了，也許她真出國了。是你說服他們由你來假扮林亞美一定可以成功。你對她的背景瞭如指掌。

「有幾件事情，你一定得事先知道一下。你做侍應生的地方，哈愛蓮在表演，你和她很熟。你差她去橡景給你做先驅的調查。特別是你叫她去收集尚還留在別人手中林太太的照片，一律要弄走。」

「你瘋啦！」她說。

我說：「我們現在從這裡說起。哈愛蓮出差成功地回來了。可惜她太好奇了。她也想分一份，而且她很貪心。她的行李箱不小心弄破了。她知道你不要她被人查出來，告訴你的話，你不會准許她申報損失要求賠償的。但是她太貪心了，她不告訴你，她自作主張去請求賠償。你們發現她被人盯牢了，這件事十分棘手。

「指示你工作的是海約翰。你找到他求助。他對哈愛蓮瞭解也深。他開始尋找林太太時，就找到了你，他要接近你，就必須常往藍洞跑。他和哈愛蓮也是好朋友。事實上指導她往橡景跑，到了橡景後要做些什麼事，一切都是他策劃指導的。」

她的聲音越來越輕。她說：「根本沒有這回事。」

「不對，一切都有依據。每件事都可以證明的。再說下去。哈愛蓮貪小便宜，自顧提出破損賠償，因而留下了一條被追蹤的尾巴，海約翰大怒。正在此時，不識相的哈愛蓮又提出了要分一份的要求。她要鈔票，否則她要講話——所以她在床上被勒死，永遠不會再開口了，線索也斷了。好了，丁富璐，現在你可以說話了。」

她走向我。「你這無賴。你給我出去，否則我把你臉抓破，把你眼睛挖出來。我——」

柯白莎的粗手臂像隻怪手。她一把用手抓住富璐的頭髮，把她的頭向後扳，她說：「閉上你的鳥嘴，否則我把你牙齒打下來，叫你吞下去。你給我在這張椅子上坐著，不要亂動——這樣才像話。敬酒不吃吃罰酒！」

白莎把抓住她頭髮的手放鬆。

有一段時間，她們兩個女人彼此怒目而視。柯白莎控制著對方不敢離開椅子。白莎說：「比狠的話你差得遠！你的背景也許叫你的胃強一點。講肌肉，你根本啥本錢也沒有！」

丁富璐說：「你們在說謊。不過故事倒相當說得通。看來你們也是來分一杯羹的，你們要什麼？」

柯白莎說：「不准你去聖卡洛塔，不准你——」

「等一下，」我說：「那聖卡洛塔的事。反正她幹不成的。她一出面，五分鐘內我們就可以叫穿她原來的名字，叫她吃不完兜著走。我們現在主要在找謀殺正兇。」

「那跟我有什麼相干？」她問。

「我要哈小姐被謀殺的真相。」我說：「我要知道你知道的一切。」

這下輪到她大笑了。我看得出她內心的強力反抗。「你給我去跳河去。」她說：「你是在唬人，不會有結果的。有一件事你勝利了，我再也不會到聖卡洛塔去出洋相了。那海約翰，不論他想幹什麼，反正我是不參與了。至於其他的，你是一隻瞎了眼的狗，對了一棵樹在亂吠。假如你再在這裡不走，我立即就報警。」

「報警最好不過了，我無所謂。」我說。

她說：「要知道你發動得早了一點。假如你等到今天下午，我開車去聖卡洛塔招待記者，我自己說自己是林太太，我回來是找林醫生算舊帳的。然後我就失蹤了。那時候你就逮住我的小辮子了，你——」

「你計畫好是要失蹤的？」我問。

她的笑聲是嘲弄的。她說：「那還用問。你自以為聰明，有的地方看你夠土。我是不能在蒙醫生前面見光的。他一看到我，就知道我不是亞美。我只能見記者。我會說我已經和蒙醫生有約見面。於是我就失蹤。看起來我也被幹掉了，一切證據會指向蒙醫生。在他要否認的時候，我們再把他和哈愛蓮的謀殺案連在一起。這裡的警方會向他追查哈愛蓮謀殺案。有個證人會指證他，光這一點就足夠的了。關心新聞的會紛紛議論我是不是也被他謀殺了。不過哈愛蓮謀殺案一被指認，他連一點機會也沒有了。

「現在，我該說的都說了。蒙醫生謀殺了愛蓮。我希望他們判他一個一級謀殺罪。他要她供給情報，她不服他管，一時失控？還是早有計畫？你不要不相信蒙查禮是殺人兇犯。其實人真是他殺的。我自己當然不是好人，不過殺人我沒有胃口。假如你今天下午再動手，你有點把柄可以吃定我。至於現在，現在我沒有犯過任何錯事。你沒法把我怎麼樣。你真不走，我就真報警。」

我說：「你什麼時候最後一次見到哈愛蓮活著？」

她說：「大概在她被殺二十四小時之前。我警告過她要小心蒙醫生。」

「為什麼？」

「因為我知道他是個危險人物。」

「那麼你知道蒙醫生會找到她？」

她眨一下眼，「我知道有什麼偵探已經接辦這件案子。我知道哈愛蓮一直是一個貪婪的婊子，果真她連鐵路局賠償她一個小箱子的錢也不肯放棄。愛蓮壞就壞在這裡。永遠不能信任她。很多女孩都喜歡找幾個固定戶頭，不斷有鈔票進帳——她不行。她太貪心，她想要敲詐所有的人。每當有了肥羊上鉤，她先研究他背景，然後敲他一筆。你根本不能控制她，她自己也控制不住自己。她就是要榨錢。」

我說：「當警察在公寓找到她的屍體時，她經過一夜的派對，似乎睡得很晚。早報是自門縫塞進來的。這表示她尚未起過床。床頭上有菸灰缸和香菸屁股。其中一支是有口紅印的。一支沒有。」

「愛蓮睡時喜歡放一包香菸和火柴在床頭。她醒來的第一件事就是抽菸。這一點我知道。」

「據我看，是有人去看愛蓮。那個人她很熟。她就坐在床上，兩人開始談判。談判不能讓男的滿意，他把她殺了。我認為你一定知道兇手是什麼人的。」

「我當然知道。」她說：「那是蒙醫生。他是追蹤在她後面的。也許是經由鐵路局那條線索。他跑去看她。也許本意不是壞的。不過他發現她只是一件工具，上面另有人在，那個人才有政治目的。他無法買通她，他只好殺掉她。現在你不走我就報警，我說得到，做得到。」

我偷偷地向白莎眨一下眼，我說：「好了。警方正在查那包香菸和香菸屁股。用新的碘氣噴霧法他們會查到指紋的。絕不吹牛，他們一定找得出那個在床頭抽菸的那個指紋。萬一那是我們在聖卡洛塔市警局的海約翰警官的指紋，那真是太不幸了。再萬一海約翰如果把我們的丁富璐也一起拖進來的話，更是大大的不幸了。」

「別傻了。」丁富璐說：「他有什麼辦法可以拖我進這件案子去？我會站起來，凡是我做過的一切，我都承認。我去橡景，說我自己是林太太——又如何？也許我有意要敲詐林醫生，也許不是。我到目前為止沒有求任何人付我五毛錢過。千萬別以為海約翰可以把我拖進案子去。他自己也不會被拖進去的。人是蒙醫生殺的。他昏了頭，他殺死了愛蓮。」

我向白莎點點頭，站起來，開始向門口走。「走吧！白莎。」我說。

她在猶豫。

「走吧，我們現在去地檢處，把我們知道的全告訴他們。我們去申請海約翰和丁富璐的拘捕狀。罪名是謀殺共謀。我們可以證明他們是共謀。再說她一個人去以林太太名義住店，是一種公然的行為，有偽造文書和圖謀不軌可以吃定她。她怎麼能洗得清白。她不過自以為清白而已。」

白莎說：「我想我可以——」

我把聲音提高。「走呀！」我說：「照我的話去做。」

我把通走道的門打開。

把白莎弄出房去，有如把一隻準備好要作戰的鬥犬拖出鬥場一樣困難。白莎最後還是給我弄了出來。她生氣萬分。她不喜歡我使用的方法。她要留在裡面把富璐的口供追出來。

富璐不可能再說任何事出來。她已鐵了心，板了臉，狠意滿腹，決心不答話了。

在走道中，白莎說：「老天，你怎麼啦，唐諾？我們去找口供的，就在她快要開口的時候，你給她機會脫罪。」

我說：「不對，她不會說實話的。你們兩個女人會打架。我們手上的東西尚不夠多到使她屈服。」

「為什麼尚不夠多？」

「因為我們無法證明這一切。我們只能唬一唬。你記住，這次闖過來的目的，是要她自動打電話給海約翰。她在電話中將要說的，會使那接線小姐耳朵聳起來像隻騾子。她會仔細聽那對白。當我們知道內容，我們才能和她攤牌。那才可以吃定她。比硬唬好得多。」

我們自電梯下來。我在總機前面停一下。「謝謝你。」我說，又極低聲地說道：「我十五分鐘後打電話給你。」

柯白莎停在警衛櫃檯前顯耀她的鑽石。「你們這公寓真棒。」她說，一面露出大大的笑容，警衛也一反鐵面無私的樣子。他說：「我們尚有一兩間空位。歡迎你來或介紹人來租用。」

「一定，一定。」白莎高貴地搖向大門來。我把大門給她拉開著。她看起來像是一位百萬女富豪帶了她的鑽戒要出去兜兜風。

我指向公司車位置。白莎說：「別走向那堆垃圾，裡面的人也許正在偷看。我們叫輛計程車走。」

「這裡不會有空車巡迴的。」我說。

「我們找個藥局叫一輛來。」

我說：「我們一起去看麗恩，」我偷偷用眼角看白莎的表情。

她說：「不行，好人，不行。我們不能去看麗恩。」

「為什麼不行？」

「等我一下解釋給你聽。你還沒有見到今天的早報吧？」

我說：「沒有，整夜我都守著那門口。」

「我知道，唐諾，你記住，今天不能回辦公室。也不能回你住的地方去。我們不能去見麗恩。我來打電話叫輛計程車。你回去叫作業員有事打電話到西山大旅社。我們等一下去西山大旅社。」

我說：「早報上有什麼消息？我該去買一份。」

「現在不要，好人。」她說：「不要分你的心。」

我說：「好，你去叫車，回頭你來接我。」

我走回去找已換班的作業員，叫他們有事向西山大旅社柯白莎報告。萬一白莎不在，可以向偵探社的卜愛茜報告重要內容。

我向前走不多遠，白莎已經僱到計程車回頭來接我。我坐進車去，倆人一路去西山大旅社，誰也不開口。柯白莎有一份早報捲著夾在腋下。她不說給我看，我就沒有問。

第十三章　輸光籌碼

我們用柯白莎、賴唐諾名字登記住店。白莎說。「我和我姪子要兩間房間，不過當中要有門可以通的。我正在等幾個電話打進來。有電話進來千萬別耽誤，一定要立即轉過來。我們行李隨後就到。」

她又把鑽戒搖一搖。我們得到想像中應有的服務。

在房間裡，我給了僕役小帳，等著他離開，打電話給西方公寓，等我在電話中聽到平菲達的聲音時，我說：「我和白莎在西山大旅社住。白莎住六二一，有消息可以立即來電。你記得住房號嗎？」

「記得，」她說：「目前西線無事。我會打電話給你們的。」

我說：「你被別人從床上叫起來，都是那樣和悅動人的嗎？」

「和悅動人？」她問。

「是的。」我說：「柯太太說一萬個人當中，也不見得有一個像你那麼好脾氣的。她建議我向你求婚，免得別人搶先了。」

她銀鈴似地笑了。「她的建議應該得金像獎。」她說。

「我也認為是的。」我說。

突然她改變語調，一本正經地說道：「我知道了，先生。我們一定給你把這句話轉到。」

我把電話掛了。柯白莎把自己大剌剌坐進一張沙發，把鞋子踢掉，把穿了絲襪的雙腳擱上另一張椅子，她看向我道：「原來如此。」

「什麼東西原來如此。」我問。

「討女人歡心呀。」

「她們不見得動心的。我只是說著玩玩的。我甚至不知道她喜不喜歡我這樣講。」

「傻瓜！」她把一支香菸裝進她象牙菸嘴去。

我走向床邊，把她拋在床上的早報拿起來看。我要看的消息在頭版：

「一位地檢處保護著的哈愛蓮謀殺案主要證人，突然失蹤。一切證據顯示這位證人是受了別人愚弄，誤導。全市警察都出動在找這位證人。當然也照例有不少花邊新聞。警方原已有不少線索，足可使這件案子在昨晚午夜前破案。好像這位證人在警方準備破案的時候，突然就失蹤了。警方認為因為這證人失蹤，案子的發展在將來可以預期有很大的，更出人意外的改變。云云。」

我做作著看向她。「老天，萬一她有什麼意外！」我說：「你會不會相信今天的警方會那麼大意。連這種可能會發生的情況也想不到嗎？老天，老天，這是件謀殺案，而這個女人是唯一的目擊證人。他們竟完全沒有人保護她，讓她自生自滅？這是我認為最荒唐的一件事，天呀！」

白莎說：「少來這一套，唐諾。她不會有事的。」

「你怎麼那麼有把握？」

「她唯一能指認得出來的人，就是我們的當事人。你我都知道，他不會做出這種事來的。」

看看報紙，我又說：「她公寓裡有血跡呀！」

柯白莎說：「唐諾，別擔心，她不會有事的。假如有人決定要殺她，把她在公寓裡殺掉了不是簡單一點嗎？不見屍，當然不是要她死。警察自然會找到她的。警察要找人比我們容易得多。」

我開始在房間裡踱方步。我說，「希望你的想法是正確的。」

「不要亂鑽亂鑽。」她說：「你對這件事是無能為力的。我們要緊的是辦自己的事。你要全力辦自己的事。」

我又來回地走了幾遍，吸了兩支菸，再回去看看報紙。然後站到窗口向窗外望。

柯白莎認為目前的姿勢很舒服。安靜地坐著在吸菸。過了一下，她打電話和辦公室卜愛茜聯絡。她掛上電話說：「好人，警察在辦公室坐著等候你的出現。我看那些聖卡洛塔的人辦事倒滿認真的。」

我沒有去搭腔，這件事已不是主要的事了。

過了一下，白莎有如把自己的想法說出來，默思地說：「個子雖然很小，你闖起禍來倒是天大的。」

「你什麼意思？」

她說：「我在開一個小小的偵探社。小到什麼工作都做。大的偵探社，大案件不搞政治性的，小案件不搞離婚案。我白莎什麼都做。我的工作不見得高尚，但也是不錯，有利，常規生活，心平氣和的事業。我也賺錢——不多，但是能活下去。你闖進我生活圈來，我僱你來工作，還沒坐穩，就弄來一具屍體，把我的執照差點吊銷（見第一集《來勢洶洶》）從此，案子一到你手，七弄八弄總會弄出屍體來，已經變成你的習慣了。而我總是被你拖來拖去。別人不以為我是偵探——我是共犯。你反客為主。你是尾巴在搖的狗。」

我說：「少說兩句行不行。你不是每件案子都在賺錢嗎？」

柯白莎向下看向自己胸部，看向自己大腿。「但願我不會急得體重減輕。我現在這樣很滿意。沒有不舒服。好人，你應該知道吧，這件案子如果破不了，我們要坐牢的。」

我說：「世界上有很多辦法，可以從牢裡出來。」

白莎說：「把它寫下來。出書，賣給聖昆丁的死牢犯，一定賺錢。」

我什麼也不再說。我們就相對坐在那裡不說話。先是白莎看看她的手錶。之後，我又看看我的手錶。然後我又走去看窗外，白莎又點上一支菸。

窗外的街上形形色色。一輛麵包公司的車子在送貨。街角有一位主婦決定上街買些東西。兩對老年夫婦自旅社出去，決心花點時間來西部玩玩，他們開了一輛紐約市牌照的車走了。天上藍天無雲。

我走回床邊，把枕頭靠在床頭板上，自己半臥著又讀起報紙來。白莎仍舊坐在椅子裡，儘量保持外表平靜。

當我把報紙拋下，又走向窗口，白莎道：「老天，你不要狗踮屁股好不好，這樣對事情會有什麼好處呢？你太緊張，太靜不下來了。坐下來，像我一樣定定神。能休息的時候要休息。自從接手這件案子，你一分鐘也沒有休息過。你會倒下去的。」

我走回床邊，把枕頭放回原處。一把自己倒向床上，面向天花板，我說：「我何嘗不想休息一下。我實在不能休息。眼前要辦的事尚還很多。連上帝也不知道我下次能在什麼時候再閉眼休息。」

柯白莎說：「好人，你有事就睡不著。你把那經濟版拿給我看。這些財政分析家說起話來頭頭是道，好像他們真是未卜先知，神機妙算。你聽聽：『當股市處於多頭市場時，股市上漲的時間要長，跌盤的時間短。上漲的家數多，下跌的家數少；甚或上漲幅度大，下跌幅度小；這時候再笨的投資人也曉得做多頭可以賺錢。做空的人除了一嘗『刀頭舔血』的樂趣外，難賺易賠……』」

白莎又道：「哦，廢話一大堆。」把報紙向地下一摔。

我儘量使自己在床上睡得很舒服，但是我知道我自己不可能入睡。雖然沒喝咖啡，但是我腦子在猛跑。我想到有一打以上的可能發展，每種結果都慘不忍睹，我不得不放棄再向下想的意念。我試著向左側睡，又翻向右側。柯白莎說：「老天。不要翻來翻去好不好。翻來翻去怎麼睡得著。」

我試著不要翻身。我看看錶，快到十一點鐘了。

柯白莎說：「看來我們應該打電話到西方公寓去了。」

我說：「不要這樣。我們不能引得那警衛起疑心。不要忘記，他想要追平菲達，理論上他會很多疑嫉妒的。極可能有規定，上班時間不可以有私人電話。」

白莎道：「那你還多嘴什麼。快給我睡一會。」

我躺在那裡猛想。我已經向海警官宣戰，海警官也已經向我發兵。兩虎相爭，必有一傷。我想到可憐的蒙醫生，在市長大選之夜坐在聖卡洛塔的寓所裡，頭上頂著一把刀。我想到目前的蒙太太，她是整型科專家的太太。已經在一個勢利小鎮的社交圈裡建立了自己的天地，不知在等待重擊前心裡在想什麼——無助地等，不知道說好幫她忙的人現在在幹什麼。

我但願他們因為信任我，現在可以平安地在休息。甚至柯白莎，她尚可以怪我，可以推卸一部份責任在我肩上。我沒人可以推卸責任。

我想到鄧麗恩。不知她現在是否還好。我不敢給她打電話——白莎在房間不行。我更瞭解白莎，我不可能想辦法不引起她疑心，而有偷偷打電話的機會。我想到鄧麗恩是如此忠心的一位朋友，她明知我在玩把戲，把她玩弄在掌股之間，但是她是一個好人，她只當不知——她含笑的棕色眼睛——她嘴唇的俏皮形態——真情而易發的笑容——雪白的貝齒——

電話鈴聲把我自十分熟睡中吵醒。我一翻身勉強地要站起來。我眼光散漫，不易集中焦距。我只知道一隻電話在響，這是我這一輩子最緊要的一次電話鈴聲——為什麼？——是在等什麼人打進來？——電話在哪裡？——什麼時候了？——我自己在那裡？——我都不知道。

我聽到柯白莎鎮靜有效的聲音在說：「哈囉，我是柯白莎。」過了一下，她又說：「籌碼輸光了？我們馬上過來。」

她掛上電話，站著看向我，整個臉上的五官縮到了一塊去。「平菲達。」她說：「再一個小時她要下班了。她提醒我，看來我們所有籌碼都輸光了。」

不論消息是好是壞，因為又要行動了，我又定下心來。我走進浴室，用冷水潑上我頭髮，臉面和眼睛。我說：「打電話回辦公室，問一下卜愛茜，那兩個作業員有什麼報告沒有。我們的方法一定有漏洞了。她一定出去過了。」

白莎打電話回偵探社。她說。「哈囉，愛茜。有什麼事嗎？」聽了一陣，她又說：「沒有作業員的消息嗎？……好吧，謝了，會再打電話給你的。」

掛上電話，她說：「又有更多條子在找你，好人。也有的是找我的。沒有作業員的任何報告。」

我用口袋裡的梳子把頭髮向後梳。看看我又髒又皺的襯衣領子，我說：「白莎，我向老天發誓，我這次不可能錯的！我們在她那裡引爆了一隻大炸彈。她不可能不和海約翰聯絡。她一定會的——」

「她沒有。」白莎說。

我說：「目前只有一件事可以做。我們去找她，再加點壓力。我們已經牽涉過深。不行動會淹死了。目前又沒有其他事可以做。我先打個電話。」

我抓起電話撥了我租房住的那公寓電話號碼。一位女工友聽的電話。我說：「請你叫艾太太來聽電話。」

過了一下，燒成灰我也認得出的那種特殊又尖酸的艾太太聲音，來自電話線對方。我說：「我是唐諾。請你找我表妹來聽一次電話。我本來不想打擾你的。但是這件事比較嚴重。」

艾太太酸溜溜地說。「你的表妹？你的表妹的名字叫鄧麗恩，她是一件命案的重要證人，也是警方到處在找的重要證人。三個小時之前，警方把她帶走了。據我所知，警方現在正在找你。假如你要利用我的租房公寓做——」

我把話機摔回到電話鞍座上去。

柯白莎看向我說：「好極了，妙極妙極了。你的表妹？唐諾好人？」

我說：「只是一個女朋友。我聲稱她表妹而已。」

「你剛才打的電話號碼，是你那租房的公寓是嗎？」

「是呀，」我說。

柯白莎站起來盯著我，她的眼睛越來越瞇。直到瞇成一條細細的小縫。「嘿，」她最後嘿出一聲。過了一下，她說：「我說這些不要臉的女人都吃你這一套。來吧，好人。我們要出動一次。極可能不是最好的行動，但是至少是動一步了。要是再坐下去，極可能一天也不會有電話進來，你終究還是有一件事沒有想到。」

「什麼？」我問。

她說：「這是我坐在這裡時想到的。可不可能海約翰本來約好今天下午去看丁富璐，要帶了她一起去聖卡洛塔？」

「我也想到過這個可能。但是假如真是如此，我們的作業員會回報丁富璐出門了。」

「當然。」白莎說：「不過，只有一個可能她不打電話給海約翰，那就是她知道他一定會來。」

我說：「好吧，我們走一趟，老實說，反正已經落水那麼深了，管不了那麼許多了。」

柯白莎說：「沒錯，我也豁出去了。」她把門打開。

我們走進走道。白莎鎮靜而機械化地把門鎖上。

「乘計程車去。好嗎？」我問。

「旅社前面就有一個計程車招呼站。」她說。

我們走下門廳。站台職員說：「柯太太，你的行李還沒有到來。要不要我給你什麼服務？我可以派車子到任何地方去接，我——」

「不必麻煩你了。」白莎一面說，一面走過櫃檯。

旅社前招呼站處停有一輛計程車。白莎把自己軀體塞進那較小型的車中去。我對司機說：「西方公寓，越快越好。」

我們向前開車，兩條路口過去，我們一聲也沒有吭。白莎突然開口道：「一件事我弄不懂。你何必要弄成她是被綁走的呢？她想到你那裡去住，你為什麼不想個理由讓她向警方搪塞一下，照你現在所用的方式，你是直接向那監獄在前進，而且對我們已接手的謀殺案一點好處也沒有。你——」

「閉嘴，」我說：「我正在動腦筋。」

她說：「又怎麼樣。你的薪水是我付的，公家的時間應該想我們的案子。下班的時候，再想你自己的困難。」

我轉向她。「你真煩人。我正在想公事。你又提醒我，我有私事應該好好想想。你給我閉嘴。」

「你在想什麼？」

「閉嘴。」

當我們再兩三條街就會到西方公寓時，我說：「我們倆都是傻瓜。」

「又怎麼啦？」柯白莎問。

「那兩個在哈愛蓮寓所的香菸屁股。其中的一個上有口紅印。另外一個沒有。警方立即反應到在房間裡的是一男一女。事實上不是那麼一回事。」

「為什麼？」

我說：「那一晚上她回家很晚，上床也晚。有人按門鈴時她還熟睡著。」

「怎麼知道？」

「門縫下的報紙。」

「懂了。說下去。」

我說：「你上床的時候會把口紅擦掉吧？」

「當然。」

「哈愛蓮她也會。她卸妝，把所有臉上的化妝品卸掉，再上床。來訪問她的人來到時，她根本沒時間把自己再化妝起來。她們就坐在床頭上談話。那來訪的人是個女人。是來客抽的菸屁股上有口紅印。」

計程車司機把車子靠邊停在西方公寓門口。「要我等嗎？」他問。

我說：「不要。」一面把一張一元鈔票遞上。

柯白莎睜大雙眼，熱心地看向我。

我說：「你懂這意味著什麼嗎？」

柯白莎點點頭。

「好吧，我們上去。」

她把自己弄出車門去。我用眼角，看到一位作業員把車停在我們公司車後，監視著公寓大門。柯白莎也看到他。但是連暗暗打個招呼也沒有。

我替柯白莎把大門打開。我說：「你去纏住那警衛一會兒。」

柯白莎把尊軀向櫃檯移動。警衛自後面過來討好她。我經過他，低聲向平菲達問：「她沒打電話出去嗎？」

「啥也沒有。要不要假裝叫她一下？」

我看到警衛像是豎起了一隻耳朵在聽我們這邊。我大聲地說道：「嘎，不必打電話上去了。亞美姑媽在等我。我們直接上去就可以了。」

她提高聲音道：「這裡規定，我一定要通報的。」

警衛道：「平小姐，這次免了。讓他們上去好了。」他向白莎笑笑。

柯白莎給了他讚許的一笑。我站立在一側，讓她的肥軀通過我前面邁進電梯。我跟著走進去。電梯門關上，我們向上升。

離開電梯我們走上走道。柯白莎對我說：「有腹案嗎？」我說：「這次我們只好硬來了。」

柯白莎說：「好吧，好人。你離得遠遠的。假如說要對女人動粗的話，除了我白莎，沒有人更在行了。你先進行，想要動粗時向邊靠一靠，看我出手就是了。」

我們敲敲門，在門外等候。

門裡面沒有動靜。門上氣窗關得嚴嚴的。

我又敲門。白莎說：「這是一個豪華公寓。看來應該有門鈴設備的——看，在這裡。」

她用力按門鈴，仍舊沒有反應。

白莎和我交換著眼神。我把耳朵湊在門板上聽聽裡面有沒有動靜。我們又敲門，沒有反應。

白莎道：「那可惡的作業員偷懶睡著了一下，讓她溜出去了。」

我儘量不使我不安的感覺在臉上顯現出來。

我們繼續敲門。白莎又重重按了幾下門鈴。柯白莎恨恨地說道：「唐諾，跟我下樓去，看我怎麼樣對付那個拿了我鈔票又不給我辦事的臭小子。」

我跟著走，事實上我也沒有其他事可以幹。

我們走了六、七步，柯白莎突然停步下來用鼻子在嗅。她轉頭看向我。

「什麼事？」我問。立即，我自己也嗅到了淡淡的煤氣味。

我跑步走回房門口。跪下來用手扶著地。我把自己胸部貼到地毯上，想從門縫下面向裡看，但什麼也看不到。門下面只是黑黑一條縫。我從口袋中拿出一把摺疊刀，把刀子拉直出來，自門縫下向裡塞，有東西堵在門縫下面。

我跳起來，拍掉褲子膝蓋部分上面的灰塵。我說：「快，白莎，我們下去。」

我們走進電梯下樓。我跑向警衛，我說：「我看亞美姑媽出了毛病了。她叫我這時候來找她的，她會等我的。我上去敲門，沒有人在裡面。」

警衛一點也沒重視，「也許她出去了。」他說：「一下就會回來的。你們在大廳裡等她好了。」

我說：「她不會出去的。說好等我的。」

平菲達接嘴道：「我可以確定她沒有出去。」

「搖電話上去。」警衛說。

平菲達快速地看了我一眼，把一條線塞過插座，快速地按著一個按鈕。過了一下她說：「沒有人接。」

警衛說：「我也沒有什麼辦法——」

我說：「在樓上走道裡，我好像聞到一點煤氣的味道。」

警衛臉上裝出來的微笑消失了。我看到他眼睛睜大，臉色也變了。一句話不說，他伸手自櫃下取出總鑰匙。他高聲地說：「上去看看。」

我們一起上去。警衛把總鑰匙插向匙孔。我站在後面，他說：「門在裡面門上了。」

白莎道：「唐諾，你個子小，你可以敲破氣窗的玻璃，你可以爬進去，你可以開門放我們進去。」

我對警衛說：「蹲下去，幫我爬上去。」

他說：「我看我們不應該——太把現場破壞了——」

柯白莎說：「好人，我抱你上去。」

她把我用力一拖好像我只是一個枕頭。我自口袋取出一塊手帕把拳頭包上，把氣窗上的玻璃一下敲破。一股煤氣衝出來，撲了我一臉。

我對白莎道：「把你鞋子脫下來交給我。我可以自己爬上去了。」

我用一隻手抓住門框，用一隻腳踩在門把上，使自己掛在半空。柯白莎脫下一隻鞋塞在我空著的右手裡。我用鞋跟把氣窗上剩餘的玻璃敲掉，把鞋子順手一拋，自己自氣窗中爬進了房間去。

煤氣濃得可怕。刺激我眼睛，又使我作嘔。房裡漆黑，所有窗簾都密密放下。我隱隱地感到前面有張床，眼睛稍習慣一下，我隱隱又看到了一個女人的樣子伏倒在一張寫字桌上。她頭倒在左手上，右手向前直伸放在桌上。

我強自閉住呼吸，跑到最近的窗口，一把把窗簾拉向一側，把窗打開，把自己頭伸出窗外，深吸了一口氣。我跑到另外一扇窗去，把窗打開，又伸出頭去呼吸。於是我跑進廚房，媒氣爐全部打開著，嘶嘶的聲音不斷自爐口漏出大量媒氣。我把所有媒氣開關關掉，把廚房窗子也打開。

自大門方向我聽見警衛在大叫：「開門。」柯白莎的聲音比他更高。「他可能自己昏過去了。你快下去報警！」

腳步聲跑下走過。柯白莎用極為鎮靜的聲音，好像她是經由電話在向我發號施令，她說：「慢慢來，好人，該辦的事好好辦。」

我走向寫字桌。丁富璐曾經在此寫過字。桌上有封信是給柯白莎的。有信封裝著。我拿了信跑到窗口，把信紙抽出來觀看內容。那是一封長信，談及她為何假裝賽亞美。我看到信裡有海約翰的名字，有哈愛蓮的名字。令我捏一把汗的是裡面也有蒙醫生的大名，和聖卡洛塔在內。

我把信紙塞回信封去，猶豫了一下，用口水把信封封起來。我自口袋中拿出一個我常備在身邊準備隨時作緊急報告，貼好郵票，寫好辦公室地址的信封。我把她的信放進我的信封，我把我的信封也封了口，我對白莎道：「有東西出來，氣窗上面。」

我聽到白莎在外面說：「我拿這玩意兒怎麼辦？」我說：「電梯旁有郵件管，把它拋進去，把這件事忘掉。」

我聽到走道中柯白莎的腳步聲。我感到頭昏，噁心。我跑向窗口做深呼吸。我走回來低頭看丁富璐的臉，在她臉下壓著一張紙。顯然是她還在寫字，而煤氣把她弄昏過去了。她右手裡還有一支筆。

我想把信紙抽出來，看她寫了些什麼。可以看到上面寫著：「警檢單位先生大鑒：」字跡已潦草難辨。

流通的空氣使煤氣味大減，但是很多煤氣還是跑不出去。我眼睛流淚流到有點模糊了，我自己覺得頭重腳輕。一個男人聲音在走道說：「煤氣味那麼濃呀！」而後是女人的聲音，一大堆腳步聲在走道上跑的聲音，最後是那警衛的聲音說：「警察馬上來了。救護車也會一起來。來，大家把門給撞開好了。裡面的人一定昏過去了。」

昏過去可能是目前我最好解釋的方法了。我聽到有人撞向門上的聲音。我跑到窗口往地上一躺。我才把眼閉上就聽到門裂破的聲音，不少人跑向我身邊。有人扶起我肩頭，有人抬起我的雙腿，我被抬出了房間，人聲嘈雜。稍遠有女人在驚呼。煤氣經我血液衝向腦袋。

我感到臉上有新鮮空氣拂來。柯白莎的聲音在說：「來，把他放在窗檻上來，你抓住他腿，不要讓他人摔了出去。」

我真的猛力地吸進幾口空氣，把眼睛睜開來。大部分看熱鬧的人都亂烘烘在亂轉。那警衛在說：「這人真可憐，那裡面的是他姑媽——」我真的迷迷糊糊半醒半睡，遙遠處救護車警笛聲漸漸接近。過了幾分鐘，自無線電巡邏車上下來的警官接管了局面，控制了全場。救護車停在樓下大門口，有人抬了擔架進房間，許多人進進出出。

我看向柯白莎，我說：「別忘記告訴大家她的名字。她是橡景鎮的林亞美。」

「好人，她用這個名字租的公寓。」她說。

「要他們仔細的確看到。」我說。

過了一下，我試著動動我的雙腿。腿沒有一點力氣，不聽指揮。一個穿白衣服的過來問道。「朋友，你覺得還好嗎？自己能走下樓上救護車嗎？」

「我要在這裡守著我姑媽。」我說。

柯白莎說：「煤氣不過是毛病之一而已。他一直在擔心他的姑母，他姑母最近沮喪得很。」

白衣服的人用聽診器湊在我胸口聽了一陣。「這裡不好，」他說：「把他弄到下面通風的地方去。」

我把他推開道：「我有權知道姑媽她怎麼樣了。」

「你不能進去。」白衣服的人說。

「我非去不可。」

柯白莎嗎嗎地說：「那是他最喜歡的姑媽呀。」

我走進房間。有警官在招呼全局。有一個人說：「即使早來幾分鐘也不見得有救。我們不可以移動屍體，先要讓驗屍官來看一下。是什麼人把煤氣關掉的？」

「是我。」我說。

警衛道：「是我同意他們打破氣窗玻璃爬進來的。我知道非這樣不能解決問題。」

柯白莎看向我，含意深重地說：「好人，你最好還是快上救護車吧。」

我看向白莎，我說：「不行。還有一封信——」

「我知道，好人。」她說：「我來辦好了。全會辦好的。」

救護員把手放在我肩頭，他說：「走吧，朋友。你心跳快得要命。吸進去煤氣不少。聞聞你自己吐出來的氣味看。你自己像隻煤氣爐子。」

我走下去想到救護車去，精疲力盡，臉白如紙，別人看到我以為我是外星人。我看到後門開著的一輛救護車，我快走兩步，一下倒在地上。有人把我弄上車，手臂上被插上一針，我聽到救護車上的警笛嗚嗚叫了起來。

過了一下，我感到好多了，發現救護車是世界上最好的避難所——警方正為太多的罪名，在太多不同的地方找我。

第十四章　地方檢察官的調查

在救護車把我送往的醫院裡，柯白莎來看我。「好一點了沒有？我有輛計程車在外面等，任何時候你想要離開這裡都可以。」

護士看了一下病歷說：「除了煤氣和休克之外，他全身好像繃緊，且太久沒睡了。」

白莎道：「知道，可憐的孩子。他每天工作二十四個小時，但是他沒有這個本錢。」

護士看著我道：「一個人一定要懂得什麼叫做『留著青山在』。」

我說：「我現在好多了。我要出院了。」

護士說：「不可以，先要醫生許可才行。」

她走下走道。我聽到她在打電話，她在電話中說話，說的是低低的我聽不懂的行話。

我對白莎說：「外面怎麼樣？」

白莎一隻眼瞄向走道說：「你猜得沒有錯，人是她殺的。」

「那封自白信怎麼樣？」我問：「有沒有提到蒙醫生？」

白莎說。「沒有。那自白信沒有寫完，也沒有簽署名字，但是確是她親筆。而且她寫信也沒特別指定收信對象，寫的是警檢雙方都可以看。一開始開宗明義就自己說自己是殺死哈愛蓮的兇手。」

「有沒有提起海警官？」

「沒有，不過在她寫給我的信中提起了海約翰。」

「我們有必要把這封信拿出來嗎？」我問。

「我看不必了。」

「萬一有必要的話，」我說：「記住，當初我們曾經給過她一個信封。寫好的公司地址，貼好的郵票，叫她在另一件事有必要和我們聯絡時可以郵寄。是她自己郵寄給——」

白莎道：「老天，唐諾，別以為別人都是笨得像豬八戒。你從氣窗裡向我塞東西出來，我就知道是什麼了。我們不必用這件東西了，這件東西好是好，副作用太具爆炸性！」

「那裡面有海約翰的名字呀！」我說。

「覆巢之下哪有完卵，信裡所有有關姓海的都和姓蒙的牽得牢牢的，玉石俱焚呀！」

我說：「快，我要給海警官打一個電話，和他私下談一下，告訴他在我們手上，我們有——」

柯白莎道：「要找到他接電話，可也真不容易了呢。姓海的逃掉了。這裡的地檢官把自殺的案情告訴了聖卡洛塔。姓海的自辦公室座位上站起身，走出去，再也沒有回來。他也不會回來了。」

我把這情況想了一下。「可惜我自己沒有機會去告訴他。」

「你這個嫉惡如仇的小渾蛋。」

「她有沒有說真正的林太太怎麼樣了？」

「她不知道。亞美嫁給了韋江，兩個人去了南美不知什麼地方，再也沒回來過。亞美把箱子交給富璐，富璐把箱子留在自己身邊一段時間，然後拋在儲藏室裡，最後她把重要的和自己要的留下來，其他都扔了。她認為亞美已經死了。」

「但是她沒有證據她已經死了？」

「沒有。」

我說：「我就怕這一點。所以我要堅持這個女人就是林亞美。也許我們可以弄一張死亡證書。」

白莎說：「你又來了。唐諾，你以為我做什麼事都要你在後面指揮呀。老天，你對我那麼沒有信心——」

護士自走道回來，帶來了一位醫生。醫生說。「有一件事很抱歉，賴先生，有命令只要你能夠出院，你要先去地檢處找地方檢察官。」

「你是說我被捕了？」

「好像有這個意思。」

「為什麼？」我問。

「我不知道。」他說：「命令是如此說的。我看得出最近你生活在緊張中。你身體不算壞，但是受不了長期的精神緊張，否則，你受到的煤氣中毒本應不會使你休克的。要你先去見地檢官，不是我的錯，只是命令，有一位偵探馬上會來帶你去。」

我說：「柯太太可不可以一起去？有些事我要她證明。」

「我不知道。」他說：「等一下問那偵探好了。」

他走了，護士留在房裡。過了一下，來了一個偵探。他說：「姓賴的，我們要一起去地檢處。」

「什麼人要見我？」我問。

「顏先生。」

我說：「什麼罪名？」

「目前尚沒有確定有什麼罪。」

柯白莎道：「他目前精神症狀尚未復元。目前不適宜傳訊，或是被人欺負。」

偵探聳聳雙肩。

柯白莎扶住我手臂道：「唐諾，我和你一起去。」

偵探說：「你可以帶他到地檢處門口。此後一切由顏先生決定。」

我們來到地檢處。一位秘書說顏先生要見我，柯白莎跟定我向前走。那秘書說：「只見賴先生一個人。」柯白莎也不理她。她是隻母雞，像是在執行母親的保護天性。她把顏先生的房門替我打開，讓我先進去，一面說：「唐諾，你先走。」像是在對一個五歲小孩說話。

我走進去。顏先生是帥哥型，上帝為討好女人訂做的男人。我一眼就可以知道，他是大學畢業，寬肩褐膚的運動身材，南加州的橄欖球手，學業成績優良，到處有朋友，得老師讚美，女人垂青。畢業不久，就因為一肚子的法律常識，而被人迫不及待的放在助理地檢官位置上。

他說：「賴先生。在這件案子裡，你的動作是相當出眾的。」

我說：「過獎了。」

他不太高興了。

「真是不幸，」我說。「聽到消息，自己的姑媽竟然是兇手。」

「巧得不得了，」他說：「竟然是在一件自己調查中的案子裡。」

我抬高眉毛，疑問地說：「在我調查中的案子裡？」一面滿臉無辜地看向白莎。

柯白莎道：「這中間有了誤會。唐諾是替我工作的，我們公司沒有調查什麼謀殺案。」

「他為什麼去橡景？」顏先生問。

白莎說：「我不知道，那想必是私事。他曾請過假。一定是和找尋他的姑媽有關。他們失去聯絡一段時間，他又想找她了。他在橡景找到她的，你知道了，是嗎？」

顏先生皺眉一下，他說。「是的，我知道了。」過了一下，他說：「也許賴先生對哈愛蓮的謀殺案沒什麼興趣，請你老實告訴我，為什麼你把鄧小姐帶到你自己的租屋公寓，聲稱她是你的表妹，而且——」

「因為我認為她的處境太危險了。」我打斷他的話說：「在橡景的時候，我和鄧小姐變成了好朋友。」

「看來如此。」他說。

我說：「我開始為她的安全耽心。她說有一個離開那公寓房間的男人，只有她能指證。當然，在當時我認為那男人是兇手。」

「故事倒不錯。」他說：「但是我知道你真正的目的，你的目的是使她找不到。你把她藏起來，使我們找不到她。」

「使你們找不到她?!」我大叫道：「老天！我不知道——是了！我告訴她，我要把她新地址告訴你們的。沒錯，我忘了。我的姑媽這件事一發生——」

「你姑媽什麼事？」他打斷地說。

我說：「她想嫁一個只愛她鈔票的人。我就調查他。我對柯太太說過這件事，她說她將利用她的偵探社盡力幫助我。」

顏先生拿起電話來說：「把鄧小姐帶進來。」

幾分鐘之後走道上響起高跟鞋的快步聲。鄧麗恩開門進來。我想她是知道會在這裡見到我的。她臉帶微笑，很關心地看向我。「唐諾，你好嗎？」她問，一面走向我，把她自己手交給我：「我聽到你在醫院裡急診治療，怎麼出來了？看你臉色白得像紙。」

我握住她的手。她的左眼是離顏先生較遠的一隻，向我一閉一開，強力地示意。

她說：「為了保護我安全，唐諾，你做了太多事，也可能太多了。當你瞭解我有危險時。應該和警方聯絡，實在不應該自己行動，像——」

「可以了，鄧小姐。」顏先生嚴厲地說：「由我來問問題。我喜歡賴先生自己告訴我我要知道的。」

我說：「顏先生，你想要知道什麼？」

「那間公寓怎麼會弄成如此之亂的？」

「哪間公寓？」

「那間鄧小姐住的公寓。」

我說：「我怎麼知道？」

「你當然也不會知道公寓房間裡的血跡。」

「喔，」我說。「這一點我知道。你知道那幾天我不時會發生很可怕的鼻子出血。我上去替鄧小姐收拾一些要用的東西，那鼻子又出血了。我想盡方法也沒有辦法使它止血。我還在怕，非去找醫生止不了這流血呢。我無法替她整東西。我必須用手把鼻子給捂著。我離開公寓去找醫生，在我能找到醫生之前，可惡的鼻子停止了流血。」

「此後你從未再回去替鄧小姐整理東西嗎？」

「老實說，我沒回去。我曾轉回去過，但是得到結論，那公寓有人在監視。我怕他們會跟蹤我找到鄧小姐落腳的地方。」

「你沒有移動裡面的傢俱嗎？」

「為什麼要移動？我沒有？」我說：「我不懂你在說什麼。我只記得我差一點被一張椅子絆倒。我把椅子踢翻了。我當時用一塊大手帕捂著臉的，你知道。」

顏說：「公寓裡樣子看來有人在裡面掙扎過。鄧小姐的皮包開著，抛在——」

「他告訴過我，他鼻子流血時曾經把皮包掉落在地上。」鄧麗恩說。

顏先生又皺眉了，他把眼睛看向麗恩，但是掩不住恨她多嘴的表情。他說：「鄧小姐，由我來聽他說好嗎？」

「好吧。」她說，也掩不住傷了情感的表情。

顏先生打不起勁了。他洩氣。五分鐘後，他說：「好吧。這件事我總覺得怪怪的。自此之後，賴先生，假如你要保護任何和本單位有關的證人，只要通知一下本單位，不要自己一個人單打獨鬥，把責任全放在一個人身上。」

我說：「我真抱歉，不過當時看來，這個辦法是唯一的好辦法。」

我望向柯白莎，決定一次把所有問題全部解決一下。我對白莎說：「聽說有一件撞人逃逸的案子，牽涉到我。到底是怎麼回事？」

她說：「有幾位警官到我們辦公室來說，是要逮捕你。」

顏先生快快接嘴道：「沒這回事，這回事已經沒有了。你忘記就可以了。聖卡洛塔一位警官在幾分鐘之前有電話來。說是證人把車號弄混了。」

我對白莎道：「我想我們可以走了。」

鄧麗恩說：「我跟你走好嗎，唐諾？」

顏先生說：「鄧小姐，你等一下。假如你不介意，我還有幾個問題想請教一下——讓他們先走。」

柯白莎說：「麗恩親愛的，不要緊，我們在樓下先僱好計程車，在車裡等你。」

走下走道，我對柯白莎說：「那封丁富璐寫給你的信，還在你身邊嗎？」

白莎道：「我還真那麼笨呀？那封信在極保險的地方。我們該怎樣通知我們的當事人？」

「太危險了。」我說。「經過那麼多轟轟烈烈的變化，我們的線路極可能被人監視著。由他自己在報紙上看看好了。『橡景的林亞美自認殺死夜總會女郎後自殺死亡。』這就夠了。」

柯白莎說：「你把她硬算是自己姑媽這件事，一生也脫不了關係。有一天，有人會找你麻煩的。」

我說：「由他們，他們找我麻煩，就是自找麻煩，她真的是我姑媽呀！」

柯白莎出乎意料地看向我。

「你根本不知道我出身，背景。你也不認識我有什麼親戚。」我說。

「其實我一點也不想知道，」她急急忙忙接口道：「知道太多不一定有利。這件事完全是你的私事。」

「這倒好。你給我記住，是你說的。」

我們在計程車中等候了十分鐘。鄧麗恩滿臉春風，高興地走下來。她用手抓住我手臂道：「唐諾，再見到你真高興。我真怕你向顏先生說不對頭，我已經在顏先生面前，婉轉為你的作為解釋過一下了。我對他說，我們兩個友誼進步得很快，你的一切作為都是為了我的安全而做的。」

「他們怎麼會找到你的？」我問。

「看來是你那房東耍的把戲。」她說：「她在早報上見到一個證人不見了，而且有她的相貌形容。唐諾，我想她根本對你不太信任。」

白莎說：「看來我該另外給你找一個房子住了，唐諾。」

「艾太太會安排這件事的。」我說，又轉向鄧麗恩。「顏先生剛才找你麻煩嗎？」

「麻煩？」麗恩在笑：「老天！你弄錯了。你知道他叫我留下來，要問我什麼？」

柯白莎說：「一賭一，他問你肯不肯嫁給他。」

麗恩在笑，「不是的。」她說：「還不到這程度。他是個很守舊的男人，但是他曾經問我能不能晚上陪他吃飯、看戲？」

大家沒開口一段時間。麗恩盯住我在看，好像等我在問她一個問題。

柯白莎衝出口來：「你怎麼回答他的？」她問。

麗恩說：「我已經和唐諾約好了。」

白莎大嘆一口氣。過了一下，她輕輕地說：「真他奶奶的。」

第十五章 舊情人的訃聞

對驗屍官而言，一切都是常規工作。他有不少證人指證死者的名字叫丁富璐，是個夜總會女侍，但是我解釋丁富璐是我姑媽離開韋江後自取的名字。

我替驗屍官製造了一個故事。她以林太太名義離開橡景後，用她自己本名賽亞美，到墨西哥去用墨西哥方式辦好離婚，嫁給韋江，離開韋江，取名丁富璐，最近又不知什麼原因常用林亞美。

我告訴他們，她回過橡景去。我們偵探社出錢把皇家旅社的值班、僕役，從橡景請到大都市來，他們也指證了死者。

在解剖後，他們把屍體發交給我。我把屍體帶到橡景入殮。有不少人來參加葬禮。這件事不太妥。我以好奇的人來得太多為理由，堅持閉棺，不給大家瞻仰遺容，當然也一再向真的來見她最後一面的人鄭重抱歉。

喪禮不錯。牧師盡了他本份做證道。他指出在最後的一刻，亞美悔悟所做的罪行，自己贖了自己的罪，公道自在人間。隱隱中的主宰控制這一切。

柯白莎送了一個花圈。有一個大大的用花做成的枕頭，送自「一位老朋友」。

我沒有去追究那送枕頭的人。我深信那是鄧麗恩的叔叔鄧司迪。鄧司迪沒有出席葬禮。

此事之後，我去報社向鄧麗恩說再見，我聽到隔間後面有人很困難地一字一字在打字。我不知道他是誰。

「新的打字員嗎？」我問。

她說：「那是司迪叔。他要自己替她寫訃聞。奇怪，他好像對她很熟。」

我把眉毛舉高。

麗恩仔細地看向我。

「唐諾。」她說：「她真的是你姑媽嗎？」

「我親愛的親姑媽。」我說。

她走向前來，使她叔叔可以聽不到她說話，她把手伸出櫃檯，她問：「什麼時候能再見你？」

「隨便什麼時候都可以，」我說：「白莎在城裡給你找到了一個工作。」

「唐諾！」

「不騙你的。」我說。

她走出櫃檯來。

自隔間後仍不斷傳出啪——啪——啪的艱難打字聲，那是二十一年前牽連到閒語閒話的鄧司迪，在親自替當時女主角寫報上的訃聞欄。

在我上衣內口袋裡有個信封，裡面放的是死亡證明書。

信封上已經寫好地址，收信人姓名是聖卡洛塔的市長——蒙查禮。他收到時一定奇怪為什麼信封會如此的皺。因為鄧麗恩已經把她自己投進我的懷抱，整個上身壓皺了我口袋裡的信封。不過這提醒我一件事，我要延遲一下付郵，我應該附一段橡景舌鋒報剪報在內。

「喔，唐諾，你太好了。」

「是白莎替你找的。」我說：「報上的照片當然也幫了不少忙——那張有腿的照片。某甲會怎麼說？」

「某甲？」

「某甲——你的男朋友呀！」

「喔，」她看向我大笑。「吹了，他太固執了。他不肯離開這裡。」

「什麼時候的事呀？」我問。

她把下巴抬高。「那天你帶我去旅社餐廳吃飯之後。他也在那裡，就在你後面吃飯——後來揍得你眼圈發黑的不是他嗎？」

「那是海約翰警官。我問你。那一次你叔叔去釣魚，是故意不願見我的姑媽嗎？」

「沒錯，他自卑於他的發胖，他的禿頭和他土氣的背景。他認為她一直在大城市，時髦，能幹，聰明，會看不起鄉下人的——」

後面打字聲突然停下。她也停下說話。

鄧司迪把訃聞寫好了。

相關精彩內容請見《新編賈氏妙探之3黃金的秘密》

新編賈氏妙探 之2 險中取勝

作者：賈德諾
譯者：周辛南
發行人：陳曉林
出版所：風雲時代出版股份有限公司
地址：10576台北市民生東路五段178號7樓之3
電話：(02) 2756-0949
傳真：(02) 2765-3799
執行主編：劉宇青
美術設計：吳宗潔
行銷企劃：林安莉
業務總監：張瑋鳳

出版日期：2022年12月 新修版一刷
版權授權：周辛南
ISBN：978-626-7153-52-9

風雲書網：http://www.eastbooks.com.tw
官方部落格：http://eastbooks.pixnet.net/blog
Facebook：http://www.facebook.com/h7560949
E-mail：h7560949@ms15.hinet.net
劃撥帳號：12043291
戶名：風雲時代出版股份有限公司

風雲發行所：33373桃園市龜山區公西村2鄰復興街304巷96號
電話：(03) 318-1378
傳真：(03) 318-1378
法律顧問：永然法律事務所 李永然律師
北辰著作權事務所 蕭雄淋律師

行政院新聞局局版台業字第3595號 營利事業統一編號22759935

國家圖書館出版品預行編目資料

新編賈氏妙探. 2, 險中取勝 / 賈德諾 (Erle Stanley Gardner) 著；周辛南譯. -- 臺北市：風雲時代出版股份有限公司, 2022.11　面；　公分

ISBN 978-626-7153-52-9（平裝）

874.57　　111016048